人间草木

——汪曾祺写北京

汪曾祺／著

民主与建设出版社
·北京·

图书在版编目 (CIP) 数据

人间草木：汪曾祺写北京 / 汪曾祺著. -- 北京：民主与建设出版社，2019.11（2021.3 重印）
（汪曾祺地域文集）
ISBN 978-7-5139-2744-4

Ⅰ. ①人… Ⅱ. ①汪… Ⅲ. ①散文集－中国－当代
Ⅳ. ① I267

中国版本图书馆 CIP 数据核字（2019）第 245020 号

人间草木
RENJIAN CAOMU

著　　者	汪曾祺
责任编辑	刘树民
出版发行	民主与建设出版社有限责任公司
电　　话	（010）59417747　59419778
社　　址	北京市海淀区西三环中路10号望海楼E座7层
邮　　编	100142
印　　刷	三河市天润建兴印务有限公司
版　　次	2020年2月第1版
印　　次	2021年3月第2次印刷
开　　本	630mm×910mm　1/16
印　　张	20
字　　数	240千字
书　　号	ISBN 978-7-5139-2744-4
定　　价	59.80元

注：如有印、装质量问题，请与出版社联系。

目录

CONTENTS

小说篇

散文篇

小说篇

天鹅之死

“阿姨，都白天了，怎么还有月亮呀？”

“阿姨，月亮是白色的，跟云的颜色一样。”

“阿姨，天真蓝呀。”

“蓝色的天，白色的月亮，月亮里有蓝色的云，真好看呀！”“真好看！”

“阿姨，树叶都落光了。树是紫色的。树干是紫色的。树枝也是紫色的。树上的风也是紫色的。真好看！”“真好看！”

“阿姨，你好看！”

“我从前好看。”

“不！你现在也好看。你的眼睛好看。你的脖子，你的肩，你的腰，你的手，都好看。你的腿好看。你的腿多长呀。阿姨，我们爱你！”

“小朋友，我也爱你们！”

“阿姨，你的腿这两天疼了吗？”

“没有。要上坡了，小朋友，小心！”

“哦！看见玉渊潭了！”

“玉渊潭的水真清呀！”

“阿姨，那是什么？雪白雪白的，像花一样的发亮，一,二,三,四。”

白蘋从心里发出一声惊呼：“是天鹅！”

“是天鹅？”

“冬泳的叔叔，那是天鹅吗？”

“是的，小朋友。”

“它们是怎么来的？”

“它们是自己飞来的。”

“它们从哪儿飞来？”

“从很远很远的北方。”

“是吗？——欢迎你，白天鹅！”

“欢迎你到我们这儿来作客！”

天鹅在天上飞翔，

去寻找温暖的地方。

飞过了大兴安岭，

雪压的落叶松的密林里，闪动着鄂温克族狩猎队篝火的红光。

白蕤去看乌兰诺娃，去看天鹅。

大提琴的柔风托起了乌兰诺娃的双臂，钢琴的露珠从她的指尖流出。

她的柔弱的双臂伏下了。

又轻轻地挣扎着，抬起了脖颈。

钢琴流尽了最后的露滴，再也没有声音了。

天鹅死了。

白蕤像是在一个梦里。

她的眼睛里都是泪水。

她的眼泪流进了她的梦。

天鹅在天上飞翔。

去寻找温暖的地方。

飞过了呼伦贝尔草原，草原一片白茫茫。

圈儿河依恋着家乡，

它流去又回头。

在雪白的草原上，

画出了一个又一个铁青色的圆圈。

白蕤考进了芭蕾舞校。经过刻苦地训练，她的全身都变成了音乐。

她跳《天鹅之死》。

大提琴和钢琴的旋律吹动着她的肢体，她的手指和足尖都在想象。

天鹅在天上飞翔，

去寻找温暖的地方。

某某去看了芭蕾。

他用猥亵的声音说：

“这他妈的小妞儿！那胸脯，那小腰，那么好看的大腿！……”

他满嘴喷着酒气。

他做了一个淫荡的梦。

天鹅在天上飞翔，

去寻找温暖的地方。

“文化大革命”。中国的森林起了火了。

白蕤被打成了现行反革命。因为她说：“《天鹅之死》就是美！乌兰诺娃就是美！”

天鹅在天上飞翔。

某某成了“工宣队员”。他每天晚上都想出一种折磨演员的花样。

他叫她们背着床板在大街上跑步。

他叫她们做折损骨骼的苦工。

他命令白蕤跳《天鹅之死》。

“你不是说《天鹅之死》就是美吗？你给我跳，跳一夜！”

录音机放出了音乐。音乐使她忘记了眼前的一切。她快乐。

她跳《天鹅之死》。

她看看某某，发现他的下牙突出在上牙之外。北京人管这种长相叫“地包天”。

她跳《天鹅之死》。

她羞耻。

她跳《天鹅之死》。

她愤怒。

她跳《天鹅之死》。

她摔倒了。

她跳《天鹅之死》。

天鹅在天上飞翔，

去寻找温暖的地方。

飞过太阳岛，

飞过松花江。

飞过华北平原，

越冬的麦粒在松软的泥土里睡得正香。

经过长途飞行，天鹅的体重减轻了，但是翅膀上增添了力量。

天鹅在天上飞翔，

在天上飞翔，

玉渊潭在月光下发亮。

“这儿真好呀！这儿的水不冻，这儿暖和，咱们就在这儿过冬，好吗？”

四只天鹅翩然落在玉渊潭上。

白蘋转业了。她当了保育员。她还是那样美，只是因为左腿曾经骨折，每到阴天下雨，就隐隐发痛。

自从玉渊潭来了天鹅，她隔两三天就带着孩子们去看一次。

孩子们对天鹅说：

“天鹅天鹅你真美！”

“天鹅天鹅我爱你！”

“天鹅天鹅真好看！”

“我们和你来做伴！”

甲、乙两青年，带了一支猎枪，偷偷走近玉渊潭。天已经黑了。

一声枪响，一只天鹅毙命。其余的三只，惊恐万状，一夜哀鸣。

被打死的天鹅的伴侣第二天一天不鸣不食。

傍晚七点钟时还看见它。

半夜里，它飞走了。

白蕤看着报纸，她的眼前浮现出一张“地包天”的脸。“阿姨，咱们去看天鹅。”

“今天不去了，今天风大，要感冒的。”

“不吗！去！”

天鹅还在吗？

在！

在那儿，在靠近南岸的水面上。

“天鹅天鹅你害怕吗？”

“天鹅天鹅你别怕！”

湖岸上有好多人来看天鹅。

他们在议论。

“这个家伙，这么好看的东西，你打它干什么？”“想吃天鹅肉。”

“想吃天鹅肉。”

“都是这场‘文化大革命’闹的！把一些人变坏了，

变得心狠了！不知爱惜美好的东西了！”

有人说，那一只也活不成。天鹅是非常恩爱的。死了一只，那一只就寻找一片结实的冰面，从高高的空中摔下来，把自己的胸脯在坚冰上撞碎。

孩子们听着大人的议论，他们好像是懂了，又像是没有懂。他们对着湖面呼喊：“天鹅天鹅你在哪儿？”

“天鹅天鹅你快回来！”

孩子们的眼睛里有泪。

他们的眼睛发光，像钻石。

他们的眼泪飞到天上，变成了天上的星。

一九八〇年十二月二十九日清晨
一九八七年六月七日校，泪不能禁。

晚饭后的故事

京剧导演郭庆春就着一碟猪耳朵喝了二两酒，咬着一条顶花带刺的黄瓜，吃了半斤过了凉水的麻酱面，叼着前门烟，捏了一把芭蕉扇，坐在阳台上的竹躺椅上乘凉。他脱了个光脊梁，露出半身白肉。天渐渐黑下来了。楼下的马缨花散发着一阵一阵的清香。衡水老白干的饮后回甘和马缨花的香味，使得郭导演有点醺醺然了……

郭庆春小时候，家里很穷苦。父亲死得早，母亲靠缝穷维持一家三口的生活，——郭庆春还有个弟弟，比他小四岁。每天早上，母亲蒸好一屉窝头，留给他们哥俩，就夹着一个针线笸箩，上市去了。地点没有定准，哪里穿破衣服的人多就奔哪里。但总也不出那几个地方。郭庆春就留在家里看着弟弟。他有时也领着弟弟出去玩，去看过妈给人缝穷。妈靠墙坐在街边的一个马扎子上，在闹市之中，在车尘马足之间，在人们的腿脚之下，挣着他们明天要吃的杂和面儿。穷人家的孩子懂事早。冬天，郭庆春知道妈一定很冷；夏天，妈一定很热，很渴，很困。缝穷的冬天和夏天都特别长。郭庆春的街坊、亲戚都比较贫苦，但是郭庆春从小就知道缝穷的比许多人更卑屈，更低贱。他跟着大人和比他大些的孩子学会了说许多北京的俏皮话、歇后语："武大郎盘杠子——上下够不着""户不拉喂饭——不正经玩儿"……有一句歇后语他绝对不说，小时候不说，长大以后也不说："缝穷的撒尿——瞅不冷子"。有一回一个大孩子当他面说了一句，他满脸通红，跟他打了一架。那孩子其实是无心说的，他不明白郭庆春为什么生那么大的气。

这个穷苦的出身，日后给他带来了无限的好处。

郭庆春十二三岁就开始出去奔自己的衣食了。

他有个舅舅，是在剧场(那会不叫剧场，叫戏园子，或者更古老一些，叫戏馆子)里"写字"的。写字是写剧场门口的海报，和由失业的闲汉扛着走遍九城的海报牌。那会已有报纸，剧场都在报上登了广告，可是很多人还是看了海报牌，知道哪家剧场今天演什么戏，才去买票的。舅舅的光景比郭家好些，也好不到哪里去。他时常来瞧瞧他的唯一的妹妹。他提出，庆春长得快齐他的肩膀高了

（舅舅是个矮子），能把自己吃的窝头挣出来了。舅舅出面向放印子钱的借了一笔本钱，趸了一担西瓜。郭庆春在陕西巷口外摆了一个西瓜摊，把瓜切成块，卖西瓜。

他穿了条大裤衩，腰里插着一把芭蕉扇，学着吆唤：

“唉，闹块来！

脆沙瓤（口哀），

赛冰糖（口哀），

唉，闹块来！……”

他头一回听见自己吆唤，有一种说不出来的新鲜感。他竟能吆唤得那样像。这不是学着玩，这是真事！他的弟弟坐在小板凳上看哥哥做买卖，也觉得很新鲜。他佩服哥哥。晚上，哥俩收了摊子，飞跑回家，把卖得的钱往妈面前一放：“妈！钱！我挣的！”

妈这天给他们炒了个麻豆腐吃。

这种新鲜感很快就消失了。西瓜生意并不那样好。尤其是下雨天。他恨下雨。

有一天，倒是大太阳，卖了不少钱。从陕西巷里面开出一辆军用卡车，一下子把他的西瓜摊带翻了，西瓜滚了一地。他顾不上看摔破了、压烂了多少，纵起身夹一把抓住卡车挡板后面的铁把手，哭喊着：“你赔我！你赔我瓜！你赔我！”

卡车不理碴，飞快地往前开。

“你赔我！你赔我瓜！”

他的小弟弟迈着小腿在后面追：

“哥哥！哥哥！”

路旁行人大声喊：

“孩子，你撒手！他们不会赔你的！他们不讲理！撒手！快撒手！”

卡车飞快地开着，快开到珠市口了。郭庆春的胳膊吃不住劲了。他一松手，面朝下平拍在马路上。缓了半天，才坐起来。脸上、胸脯拉了好些的道道。围了好些人看。弟弟直哭：“哥哥！唔，哥哥！”郭庆春拉着弟弟的手往回走，一面回头向卡车开去的方向骂：“我操你妈！”

在水管龙头上冲了冲，用擦西瓜刀的布擦擦脸，他还得做买卖。——他的滚散了的瓜已经有好心的大爷给他捡回来了。他接着吆唤：

“唉，闹块来！

我操你妈！

闹块来！

我操你臭大兵的妈！

闹块来！”

……

舅舅又来了。舅舅听说外甥摔了的事了。他跟妹妹说：“庆春到底还小，在街面上混饭吃，还早了点。我看叫他学戏吧。没准儿将来有个出息。这孩子长相不错，有个人缘儿，扮上了，不难看。我听他的吆唤，有点膛音。马连良家原先不也是挺苦的吗？你瞧人家这会儿，净吃蹦虾仁！”

妈知道学戏很苦，有点舍不得。经舅舅再三开导，同意了。舅舅带他到华春社科班报了名，立了“关书”。舅舅是常常写关书的，写完了，念给妹妹听听。郭庆春的妈听到：“生死由命，概不负责。若有逃亡，两家寻找。”她听懂了，眼泪直往下掉。她说：“孩子，你要肚里长牙，千万可不能半途而废！我就指着你了。你还有个弟弟！”郭庆春点头，说：“妈，您放心！”

学戏比卖西瓜有意思！

耗顶，撕腿。耗顶得耗一炷香，大汗珠子叭叭地往下滴，滴得地下湿了一片。撕腿，单这个“撕”字就叫人肝颤。把腿楞给撕开，撕得能伸到常人达不到的角度。学生疼得直掉眼泪，抄功的董老师还是使劲地把孩子们的两只小腿往两边掰，毫不怜惜，一面嘴里说：“若要人前显贵.必得人后受罪，小子，忍着点！”

接着，开小翻、开虎跳、前扑、蹿毛、倒插虎、乌龙搅柱、拧旋子、练云里翻……

这比卖西瓜有意思。

吃的是棒子面窝头、“三合油”——韭菜花、青椒糊、酱油，倒在一个木桶里，拿开水一沏，这就是菜。学生们都吃得很香。郭庆春在出科以后多少年，在大城市的大旅馆里，甚至在国外，还会有时忽然想起三合油的香味非常想喝一碗。大白菜下来的时候，就顿顿都是大白菜。有的时候，师父——班主忽然高了兴，在他的生日，或是买了几件得意的古董玉器，就吩咐厨子："给他们炒蛋炒饭！"蛋炒饭油汪汪的，装在一个大缸里，管饱！撑得这些孩子一个一个挺腰凸肚。

师父是个喜怒无常的人。高了兴，给蛋炒饭吃，稍不高兴，就"打通堂"。全科学生，每人十板子，平均对待，无一幸免。这板子平常就供在祖师爷龛子的旁边，谁也不许碰，神圣得很。到要用的时候，"请"下来。掌刑的，就是抄功的董老师。他打学生很有功夫，节奏分明，不紧不慢，轻重如一，不偏不向。师父说一声："搬板凳！"董老师在鼻孔里塞两撮鼻烟，抹了个蝴蝶，用一块大手绢把右手腕子缠住(防止闪了腕子)，学生就很自觉地从大到小挨着个儿撩起衣服，趴到板凳上，老老实实，规规矩矩，挨那份内应得的重重的十下。

"打通堂"的原因很多。几个馋嘴师哥把师父买回来放在冰箱里准备第二天吃的熏鸡偷出来分吃了；一个调皮捣蛋的学生在董老师的鼻烟壶里倒进了胡椒面了；一个小学生在台上尿了裤子了……都可以连累大家挨一顿打。

“打通堂”给同科的师兄师弟留下极其甘美的回忆。他们日后聚在一起，常常谈起某一次“打通堂”的经过.彼此互相补充，谈得津津有味。“打通堂”使他们的同学意识变得非常深刻，非常坚实。这对于维系他们的感情，作用比一册印刷精美的同学录要大得多。

一同喝三合油，一同挨“打通堂”，还一同生虱子，一同长疥，三四年很快过去了。孩子们都学会了几出戏，能应堂会，能上戏园子演出了。郭庆春学的是武生，能唱《哪吒闹海》《蜈蚣岭》《恶虎村》……(后来他当了老师，给学生开蒙，也是这几出)。因为他是个小白胖子(吃那种伙食也能长胖，真也是奇迹)，长得挺好玩，在节日应景戏《天河配》里又总扮一个洗澡的小仙女，因此到他已经四十几岁，有儿有女的时候，旧日的同学还动不动以此事来取笑：“你得了吧！到天河里洗你的澡去吧！”

他们每天排着队上剧场。都穿的长衫、棉袍，冬天戴着小帽头，夏天露着刮得发青的光脑袋。从科班到剧场要经过一个胡同。胡同里有一家卖炒疙瘩的，掌柜的是个跟郭庆春的妈差不多岁数的大娘，姓许。许大娘特别喜欢孩子，——男孩子。科班的孩子经过胡同时，她总站在门口一个一个地看他们。孩子们也知道许大娘喜欢他们，一个一个嘴很甜，走过跟前，都叫她：

“大娘！”

“哎！”

“大娘！”

“哎！”

许大娘知道科班里吃得很苦，就常常抓机会拉一两个孩子上她铺子里吃一盘炒疙瘩。轮流请。华春社的学生几乎全吃过她的炒疙瘩。以后他们只要吃炒疙瘩，就会想起许大娘，吃的次数最多的是郭庆春。科班学生排队从许大娘铺子门前走过，大娘常常扬声叫庆春：“庆春哪，你放假回家的时候，到大娘这儿弯一下。”——“哎。”

许大娘有个女儿，叫招弟，比郭庆春小两岁。她很爱和庆春一块玩。许大娘家后面有一个很小的院子，院里有一棵马樱花，两盆茉莉，还有几盆草花。郭庆春吃完了炒疙瘩（许大娘在疙瘩里放了好些牛肉，加了半勺油），他们就在小院里玩。郭庆春陪她玩女孩子玩的抓子儿，跳房子；招弟也陪庆春玩男孩子玩的弹球。谁输了，就让赢家弹一下脑锛儿，或是拧一下耳朵，刮一下鼻子，或是亲一下。庆春赢了，招弟歪着脑袋等他来亲。庆春只是尖着嘴，在她脸上碰一下。

“亲都不会！饶你一下，重来！”

郭庆春看见招弟耳垂后面有一颗红痣（他头二年就看到了），就在那个地方使劲地亲了一下。招弟格格地笑个不停：

“痒痒！”

从此每次庆春赢了，就亲那儿。招弟也愿意让他亲这儿。每次都格格地笑，都说“痒痒”。

有一次许大娘看见郭庆春亲招弟，说;“哪有这样玩的！”许大娘心里一沉：孩子们自己不知道，他们一天一天大了哇！

渐渐的，他们也知道自己大了，就不再这么玩了。招弟爱瞧戏。她家离戏园子近，跟戏园子的人都很熟，她可以随时钻进去看一会。她看郭庆春的《恶虎村》，也看别人的戏，尤其爱看旦角戏。看得多了，她自己也能唱两段。郭庆春会拉一点胡琴。后两年吃完了炒疙瘩，就是庆春拉胡琴，招弟唱“苏三离了洪洞县”，“儿的父去投军无音信”……招弟嗓子很好。郭庆春松了琴弦，合上弓，常说：“你该唱戏去的，耽误了，可惜！”

人大了，懂事了。他们有时眼对眼看着，看半天，不说话。马缨花一阵一阵地散发着清香。

许大娘也有了点心事。她很喜欢庆春。她也知道，如果由她做主把招弟许给庆春，招弟是愿意的。可是，庆春日后能成气候么？唱戏这玩意，唱红了，荣华富贵；唱不红，流落街头。等二年再说吧！

残酷的现实把许大娘的这点淡淡的梦砸得粉碎：庆春在快毕业的那年倒了仓，倒得很苦，—— 一字不出“子弟无音客无本”，郭庆春见过多少师哥，在科班里是好角儿，一旦倒了仓，倒不过来，拉洋车，卖落花生，卖大碗茶。他惊恐万状，一身一身地出汗。他天不亮就到窑台喊嗓子，他听见自己那一点点病猫一样的嘶哑的声音，心都凉了。夜里做梦，念了一整出《连环套》，“愚下保镖，路过马兰关口……”脆亮响堂，高兴得从床上跳起来。一醒来，仍然是一字不出。祖师爷把他的饭碗收去了，他该怎么办呢？许大娘也知道了庆春倒仓没倒过来。招弟也知道了。她们也反反复复想了许多。

郭庆春只有两条路可走：当底包龙套，或是改行。

郭庆春坐科学戏是在敌伪时期，到他该出科时已经是抗战胜利，国民党中央军来了。“想中央，盼中央，中央来了更遭殃”。物价飞涨，剧场不上座。很多人连赶两包（在两处剧场赶两个角色），也奔不出一天的嚼裹儿。有人唱了一天戏，开的份儿只够买两个茄子，一家几口，就只好吃这两个熬茄子。满街都是伤兵，开口就是“老子抗战八年！”动不动就举起双拐打人。没开戏，他们就坐满了戏园子。没法子，就只好唱一出极其寡淡无味的戏，把他们唱走。有一出戏，叫《老道游山》，就一个角色。——老道，拿着云帚，游山。游到哪里，“真好景致也”，唱一段，接着再游。没有别的人物，也没有一点故事情节，要唱多长唱多长。这出戏本来是评剧唱，后来京剧也唱：唱得这些兵大爷不耐烦了:“这叫什么戏!”一哄而去。

等他们走了，再开正戏。

很多戏曲演员部改了行了。郭庆春的前几科的师哥，有的到保定、石家庄贩鸡蛋，有的在北海管租船，有的卖了糊盐，——盐炒煳了，北京还有极少数人家用它来刷牙，可是这能卖几个钱……

有嗓子的都没了辙了，何况他这没嗓子的。他在科班虽然不是数一数二的好角儿，可是能唱一出的。当底包龙套，他不甘心！再说，当底包龙套也吃不饱呀！郭庆春把心一横：干脆，改行!

春秋两季，拉菜车，从广渠门外拉到城里。夏天. 卖西瓜。冬天，卖柿子。一车青菜，两千多斤。头儿回拉. 累得他要吐血。咬咬牙，也就挺过来了。卖西瓜，是他的老行当。西瓜摊还是摆在陕西巷口外。因为嗓子没有，他很少吆唤。但是人大了，有了经验，隔皮知瓤，挑来的瓜个个熟。西瓜片切得很薄，显得块儿大。木板上铺了蓝布，溯了水，显着这些瓜鲜亮水灵，嗞嗞地往外冒着凉气。卖柿子没有三天的“力笨”，人家咋卖咱咋卖。找个背风的旮旯儿，把柿子挨个儿排在地上，就着路灯的光，照得柿子一个一个黄澄澄的，饱满鼓立，精神好看，谁看了都想到围着火炉嚼着带着冰碴的凉柿子的那股舒服劲儿。卖柿子的怕回暖，尤其怕刮风。一刮风，冻柿子就流了汤了。风再把尘土涂在柿子皮上，又脏又黑，满完！因此，郭庆春就盼着一冬天都是那么干冷干冷的。

卖力气，做小买卖，不丢人！街坊邻居不笑话他。他的还在唱戏和已经改了行的师兄弟有时路过，还停下来跟他聊一会。有的师哥劝他别把功撂下，早上起来也到陶然亭喊两嗓子。说是有人倒仓好几年，后来又缓过来的。没准儿，有那一天，还能归到梨园行来。郭庆春听了师哥的话，截长补短的，耗耗腿，拉拉山膀，无非是解闷而已。

郭庆春没有再去看许大娘。他拉菜车、卖西瓜、卖柿子，不怕碰见别的熟人，可就怕碰见许大娘母女。听说，许大娘搬了家了，搬到哪里，他也没打听。北京城那样大，人一分开，就像树上落下两片叶子，风一吹，各自西东，北京城并不大。

一天晚上，干冷干冷的。郭庆春穿了件小棉袄，蹲在墙旮旯。地面上的冷气从裆下一直透进他的后脊梁。一辆三轮车蹬了过来，车上坐了一个女的。

“三轮，停停。”

女的揭开盖在腿上的毛毯，下了车。

“这柿子不错，给我包四个。”

她扔下一条手绢，郭庆春挑了四个大的，包上了。他抬起头来，把手绢往上递：是许招弟！穿了一件长毛绒大衣。

许招弟一看，是郭庆春。

“你……这样了！”

郭庆春把脑袋低了下去。

许招弟把柿子钱丢在地下，坐上车，走了。

转过年来，夏天，郭庆春在陕西巷口卖西瓜，正吆唤着（他嗓子有了一点音了），巷里走出一个人来：

“卖西瓜的，递两个瓜来。——要好的。”

“没错！”

郭庆春挑了两个大黑皮瓜，对旁边的纸烟阁掌柜说：“劳您驾，给照看一下瓜摊。”——“你走吧。”

跟着要瓜的那人走，到了一家，这家正办喜事。堂屋正面着大红双喜幔帐，屋里屋外一股炮仗硝烟气味。两边摆着两桌酒。已经行过礼，客人入席了。郭庆春一看．新娘子是许招弟！她烫了发，抹了胭脂口红，耳朵下垂着水钻坠子。郭庆春把两个瓜放在旁边的小方桌上，拔腿就跑。听到后面有人喊：

“卖西瓜的，给你瓜钱！”

这是一个张恨水式的故事，一点小市民的悲欢离合。这样的故事在北京城每天都有。

北京解放了。

解放，使许多人的生活发生了急转直下的变化，许多故事产生了一个原来意想不到的结尾。

郭庆春万万没有想到，他会和一个老干部，一个科长结了婚，并且在结婚以后变成现在的郭导演。

北京在新中国成立以后，物价稳定，没有伤兵，剧场上座很好。很多改了行的演员又纷纷搭班唱戏了。他到他曾经唱过多次戏的剧场去听过多次戏，紧锣密鼓，使他兴奋激动，筋肉伸张。随着锣经，他直替台上的同行使劲。

一个外地剧经到北京来约人。那个贩卖鸡蛋的旺哥来找郭庆春：

“庆春，他们来找了我。我想去。我提了你。北京的不好唱。咱先到外地转转。你的功底我知道，这些年没有全撂下，稍稍练练，能捡回来。听你吆唤，嗓子出来了。咱们一块去吧。学了那些年，能就扔下吗！就你那一出戏，管保能震他们一下子。”

郭庆春沉吟了一会，说：“去！”

到了那儿，安顿下了，剧团团长领他们几个新从北京约来的演员去见见当地文化局的领导。戏改科的杨科长接见了他们。杨科长很忙，一会儿接电话，一会在秘书送来的文件收文簿上签字，显得很果断，很有气魄。杨科长勉励了他们几句，说他们是剧团的“新血液”，希望他们发挥自己的专长，为人民服务。郭庆春连连称是。他对杨科长油然产生一种敬重之情。一个女的，能当科长，了不起！他觉得杨科长的举止动作，言谈话语，都像一个男人，不像是个女的。

重返舞台，心情紧张。一生成败，在此一举。三天“打炮”，提心吊胆。没有想到，一“炮”而红。他第一次听到台下的掌声，好像在做梦。第三天《恶虎村》，出来就有碰头好。以后“四记头”亮相，都有掌声。他扮相好，身上规矩，在台上很有人缘。他也的确是“卯上”了。经过了生活上的一番波折，他这才真正懂得在进科班时他妈跟他说的话：“要肚里长牙”。他在台上从不偷工惜力，他深深知道把戏唱砸了，出溜下来，会有什么后果。他的戏码逐渐往后挪，从开场头一二出挪到中间，又挪到了倒数第三。他很知足了，这就到了头。在科班时他就知道自己唱不了大轴，不是那材料。一个人能吃几碗干饭，自己清楚，别人也清楚。

杨科长常去看京剧团的戏。一半由于职务，一半出于爱好。他万万没有想到，她后来竟成了他的爱人。

郭庆春在阳台上忽然一个人失声笑了出来。他的女儿在屋里问：“爸爸，你笑什么”

他笑他们那个讲习会。市里举办了第一届全市旧艺人讲习会。局长是主任，杨科长是副主任。讲《新民主主义论》、社会发展史、政治经济学。小组讨论，真是笑话百出。杨科长一次在讲课时说：“列宁说过……”一个拉胡琴的老艺人问：“列宁是唱什么的”——“列宁不是唱戏的。”——“哦，不是唱戏的，那咱们不知道。”又有一次．杨科长鼓励大家要有主人翁思想，这位老艺人没有听明白前言后语，站起来说：“咱们是从旧社会来的，什么坏思想都有，就这主人翁思想，咱没有！”原来他以为主人翁思想就是想当班主的思想。

讲习会要发展一批党员。郭庆春被列为培养对象。杨科长时常找他个别谈话。鼓励他建立革命人生观，提高阶级觉悟，提高政治水平，要在政治上有表现，会上积极发言。郭庆春很认真也很诚恳地照办了。他大小会都发言。讲得最多的是新旧社会对比。他有切身感受．无须准备，讲得很真实，很生动。同行的艺人多有类似经历，容易产生共鸣。讲的人、听的人个个热泪盈眶，效果很好。讲习班结业时，讨论发展党员名单，他因为出身好，政治表现突出，很顺利地通过了。他的入党介绍人是杨科长和局长。

第一批发展的党员，回到剧团，全都成了剧团骨干。郭庆春被提升为副团长、艺委会主任。

因为时常要到局里请示汇报工作，他和杨科长接触的机会就更多了。熟了，就不那么拘谨了，有时也说点笑话。聊点闲天。局里很多人叫杨科长叫杨大姐或大姐，郭庆春也随着叫。虽然叫大姐，他还是觉得大姐很有男子气。

没想到，大姐提出要跟他结婚。他目瞪口呆，结结巴巴不知说什么好。他觉得和一个领导结婚，简直有点乱伦的味道，他想也没有想过。天地良心，他在大姐面前从来没有起过邪念。他当然同意。

杨科长的老战友们听说她结了婚，很诧异。听说是和一个京剧演员结婚，尤其诧异。她们想：她这是图什么呢？她喜欢他什么？

虽然结了婚，他们的关系还是上下级。不论是在工作上，在家里，她是领导，他是被领导。他习惯于“服从命令听指挥”，觉得这样很舒服，很幸福。

杨科长是个目光远大的人，她得给庆春（和她自己）安排一个远景规划的蓝图。庆春目前一切都很顺利，但要看到下一步。但要看到下一步。唱武生的，能在台上蹦跶多少年呢？照戏班里的说法，要找一个“落劲”。中央戏剧学院举办导演训练班，学员由各省推荐。市里分到一个名额，杨科长提出给郭庆春，科里、局里都同意。郭庆春在导演训练班学了两年，听过苏联专家的课，比较系统地知道斯坦尼斯杰夫斯基体系。毕业之后，回到剧团，大家自然刮目相看。这个剧团原来没有导演，要排新戏，排《三打祝家庄》《红娘子》，不是向外地剧团学，“刻模子”，就是请话剧团的导演来排。郭庆春学成归来，就成了专职导演。

剧团里的人，有人希望他露两手，有人等着看他的笑话。接连排了两个戏，他全“拿”下来了。他并没有用一些斯坦尼的术语去唬人，他知道那样会招人反感。他用一些戏曲演员所熟悉、所能接受的行话临场指挥。比如，他说“交流”，却说“过电”，——“你们俩得过电哪！”他不说什么“情绪的记忆”这样很玄妙的词儿，他只说是“神气”“你要长神气。——长一点，再长一点！”他用的舞台调度也无非还是斜胡同、蛇蜕皮……但是变了一下，就使得演员既“过得去”“走得上来”，又觉得新鲜。郭导演的威信建立起来了。从此，他不上舞台了。有时，有演员病了，他上去顶一角，人们就要竖大拇指:“瞧人家郭导演，不拿导演架子！好样儿的！”

不但在本剧团，外剧团也常请他。京剧、评剧、梆子，他全导过。一通百通，应付裕如。他导的戏，已经不止一出拍成了戏曲艺术片。郭庆春三个字印在影片的片头，街头的广告上。

他不会再卖西瓜，卖柿子了。

他曾经两次参加戏剧代表团出国，到过东欧、苏联，到过朝鲜。他听了曾经出过国的师哥的建议，带了一包五香粉，一盒固体酱油，于是什么高加索烤羊肉、带血的煎牛排，他都能对付。他很想带一罐臭豆腐，经同行团员的劝阻，才没有带。量服装的时候，问他大衣要什么料子，他毫不迟疑地说："长毛绒！"服装厂的同志说在外国，男人没有穿长毛绒的，这才改为海军呢。

他在国外照了好多照片，黑白的，还有彩色的。他的爱人一张一张地贴在仿古缎面的相册上。这些照片上的郭庆春全都是器宇轩昂，很像个大导演。

由于爱人的活动(通过各种"老战友"的关系)，他已经调到北京的剧团来了。他的母亲还健在。他的弟弟由于他的资助，上了学，现在在一家工厂当出纳。他有了一个女儿。已经上小学了。他有一套三居室的单元。他在剧团里自然也有气儿不顺的时候，为一个戏置景置装的费用，演员的"人位"，和领导争得面红耳赤，摔门，拍桌子；偶尔有很"个"的演员调皮捣蛋"吊腰子"，当面顶撞，出言不逊，气得他要休克，但是这样的时候不多，一年也只是七八次。总的说来，一切都很顺利。他对自己的生活很满意。因为满意，就没有理由不发胖，于是就发胖了。

他的感情是平稳的、柔软的、滑润的，像一块奶油(从国外回来，他养成爱吃奶油的习惯)。

今天遇见了一件事，使他的情绪有一点小小的波动。剧团招收学员，他是主考。排练厅里摆了一张乒乓球案子，几把椅子。他坐在正中的一把上。像当初他进科班时被教师考察一样，一个一个考察着来应试的男孩子、女孩子。看看他们的相貌，体格，叫他们唱两句，拉一个山膀，踢踢腿，——来应试的孩子多半在家里请人教过，都能唱几句，走几个“身上”。然后在名单上用铅笔做一些记号。来应试的女孩子里有一个叫于小玲。这孩子一走出来，郭庆春就一愣，这孩子长得太像一个人了。他有点走神。于小玲的唱（她唱的是“苏三离了洪洞县”），所走的“身子”，他都没有认真地听，看，名单上于小玲的名字底下，什么记号也没有做。

学员都考完了，于小玲往外走。郭庆春叫住她：

“于小玲。”

于小玲站住。

“您叫我”

“……你妈姓什么”

“姓许。”

没错，是许招弟的女儿。

“你爸爸……对，姓于。他还好吗？”

“我爸死了，有五年了。”

“你妈挺好？”

“还可以。”

“……她还是那样吗？”

“您认得我妈？”

“认得。”

"我妈就在外面。妈——！"

于小玲走出排练厅，郭庆春也跟着走出来。迎面走过来许招弟。

许招弟还那样，只是憔悴瘦削，显老了。

"妈，这是郭导演。"

许招弟看着郭庆春，很客气地称呼一声：

"郭导演！"

郭庆春不知怎么称呼她好，也不能像小时候一样叫她招弟，只好含含糊糊地应了一声，问道：

"您还好？"

"还凑合。"

"多年不见了。"

"有年头了。——这孩子，您多关照。"

"她不错。条件挺好。"

"回见啦。"

"回见！"

许招弟领着女儿转身走了。郭庆春看见她耳垂后面那颗红痣，有些怅惘。

以上，是京剧导演郭庆春在晚饭之后，微醺之中，闻一阵一阵的马缨花的香味时所想的一些事。想的时候自然是飘飘忽忽，断断续续的。如果用意识流方法照实记录下来，将会很长。为省篇幅，只能挑挑拣拣，加以巧裁，简单地勾出一个轮廓。

郭导演想：……一个人走过的路真是很难预料。如果不是解放了，他会是什么样子呢？也许还是卖西瓜、卖柿子、拉菜车……如果他出科时不倒仓，又会是什么样呢？也许他就唱红了，也许就会和许招弟结了婚。那么于小玲就会是他的女儿，她会不姓于，而姓郭……

他正在这样漫无边际地想下去，他的女儿在屋里娇声喊道：

“爸，你进来，我需要你！”

正好夹在手里的大前门已经吸完，烟头烧痛了他的手指，他把烟头往楼下的马缨花树帽上一扔，进屋去了。

第二天，郭导演上午导了一场戏，中午，几个小青年拉他去挑西瓜。

“郭导演，给我们挑一个瓜。”

“去，一边去！当导演的还管挑西瓜呀！”

但还是被他们连推带拽地去了。他站在一堆西瓜前巡视一下，挑了一个，用右手大拇指按在瓜皮上，用力往前一蹭，放在耳朵边听一听，轻轻拍一下：

“就这个，保证脆沙瓤。生了，娄了，我给钱！”

他抄起案子上的西瓜刀，一刀切过去，只听见咔嚓一声，瓜裂开了：薄皮、红瓤、黑籽。

卖瓜的惊奇地问：

"您卖过瓜？"

"我卖瓜的那阵，还没有你哪！哈哈哈哈……"

他大笑着走回剧团。谁也不知道他的笑声里包含了多少东西。

过了几天，招考学员发了榜，于小玲考取了。人们都说，是郭导演给她使了劲。

载一九八一年第一期《人民文学》

卖蚯蚓的人

我每天到玉渊潭散步。

玉渊潭有很多钓鱼的人。他们坐在水边，瞅着水面上的漂子。难得看到有人钓到一条二三寸长的鲫瓜子。很多人一坐半天，一无所得。等人、钓鱼、坐牛车，这是世间“三大慢”。这些人真有耐性。各有一好。这也是一种生活。

在钓鱼的旺季，常常可以碰见一个卖蚯蚓的人。他慢慢地蹬着一辆二六的旧自行车，有时扶着车慢慢地走着。走一截，扬声吆唤：

“蚯蚓——蚯蚓来——”

“蚯蚓——蚯蚓来——”

有的钓鱼的就从水边走上堤岸，向他买。

“怎么卖？”

“一毛钱三十条。”

来买的掏出一毛钱，他就从一个原来是装油漆的小铁桶里，用手抓出三十来条，放在一小块旧报纸里，交过去。钓鱼人有时带点解嘲意味，说：“一毛钱，玩一上午！”

有些钓鱼的人只买五分钱。

也有人要求再添几条。

“添几条就添几条，你看这东西！”

蚯蚓这东西，泥里咕叽，原也难一条一条地数得清，用北京话说，“大概其”，就得了。

这人长得很敦实，五短身材，腹背都很宽厚。这人看起来是不会头疼脑热、感冒伤风的，而且不会有什么病能轻易地把他一下子打倒。他穿的衣服都是宽宽大大的，旧的，褪了色，而且带着泥渍，但都还整齐，并不褴褛，而且单夹皮棉，按季换衣。——皮，是说他入冬以后的早晨有时穿一件出锋毛的山羊皮背心。按照老北京人的习惯，也可能是为了便于骑车，他总是用带子扎着裤腿。脸上说不清是什么颜色，只看到风、太阳和尘土。只有有时他剃了头，刮了脸，才看到本来的肤色。新剃的头皮是雪白的，下边是一张红脸。看起来就像是一件旧铜器在盐酸水里刷洗了一通，刚刚拿出来一样。

因为天天见，面熟了，我们碰到了总要点点头，招呼招呼，寒暄两句。

“吃啦？”

“您遛弯儿！”

有时他在钓鱼人多的岸上把车子停下来，我们就说会子话。他说他自己：“我这人——爱聊。”

我问他一天能卖多少钱。

“一毛钱三十条，能卖多少！块数来钱，两块，闹好了有时能卖四块钱。”

“不少！”

“凑合吧。”

我问他这蚯蚓是哪里来的，“是挖的？”

旁边有一位钓鱼的行家说：“是贲的。”

这个“贲”字我不知道该怎么写，只能记音。这位行家给我解释，是用蚯蚓的卵人工孵化的意思。

“蚯蚓还能‘贲’？”

卖蚯蚓的人说：

“有‘贲’的，我这不是，是挖的。‘贲’的看得出来，身上有小毛，都是一般长。瞧我的：有长有短，有大有小，是挖的。”我不知道蚯蚓还有这么大的学问。

“在哪儿挖的，就在这玉渊潭？”

“不！这儿没有。——不多。丰台。”

他还告诉我丰台附近的一个什么山，山根底下，那儿出蚯蚓，这座山名我没有记住。

“丰台？一趟不得三十里地？”

“我一早起蹬车去一趟，回来卖一上午。下午再去一趟。”“那您一天得骑百十里地的车？”

“七十四了，不活动活动，成吗！”

他都七十四了！真不像。不过他看起来像多少岁，我也说不上来。这人好像是没有岁数。

“您一直就是卖蚯蚓？”

“不是！我原来在建筑上，——当壮工。退休了。退休金四十几块，不够花的。”

我算了算，连退休金加卖蚯蚓的钱，有百十块钱，断定他一定爱喝两盅。我把手圈成一个酒杯形，问：“喝两盅？”

“不喝。——烟酒不动！”

那他一个月的钱一个人花不完，大概还会贴补儿女一点。

“我原先也不是卖蚯蚓的。我是挖药材的。后来药材公司不收购，才改了干这个。”

他指给我看：

“这是益母草，这是车前草，这是红苋草，这是地黄，这是豨莶……这玉渊潭到处是钱！”

他说他能认识北京的七百多种药材。

“您怎么会认药材的？是家传？学的？”

“不是家传。有个街坊，他挖药材，我跟着他，用用心，就学会了。——这北京城，饿不死人，你只要肯动弹，肯学！你就拿晒槐米来说吧——”

“槐米？”我不知道槐米是什么，真是孤陋寡闻。

“就是没有开开的槐花骨朵，才米粒大。晒一季槐米能闹个百儿八十的。这东西外国要，不知道是干什么用，听说是酿酒。不过得会晒。晒好了，碧绿的！晒不好，只好倒进垃圾堆。——蚯蚓！——蚯蚓来！”

我在玉渊潭散步，经常遇见的还有两位，一位姓乌，一位姓莫。乌先生在大学当讲师，莫先生是一个研究所的助理研究员。我跟他们见面也点头寒暄。他们常常发一些很有学问的议论，很深奥，至少好像是很深奥，我听不大懂。他们都是好人，不是造反派，不打人，但是我觉得他们的议论有点不着边际。他们好像是为议论而议论，不是要解决什么问题，就像那些钓鱼的人，意不在鱼，而在钓。

乌先生听了我和卖蚯蚓人的闲谈，问我：“你为什么对这样的人那样有兴趣？”

我有点奇怪了。

“为什么不能有兴趣？”

“从价值哲学的观点来看，这样的人属于低级价值。”莫先生不同意乌先生的意见。

“不能这样说。他的存在就是他的价值。你不能否认他的存在。”

“他存在。但是充其量，他只是我们这个社会的填充物。”“就算是填充物，填充物也是需要的。‘填充’，就说明他的存在的意义。社会结构是很复杂的，你不能否认他也是社会结构的组成部分，哪怕是极不重要的一部分。就像自然界的需要维持生态平衡，我们这个社会也需要有生态平衡。从某种意义来说，这种人也是不可缺少的。”

“我们需要的是走在时代前面的人，呼啸着前进的，身上带电的人！而这样的人是历史的遗留物。这样的人生活在现在，和生活在汉代没有什么区别，——他长得就像一个汉俑。”

我不得不承认，他对这个卖蚯蚓人的形象描绘是很准确且生动的。

乌先生接着说："他就像一具石磨。从出土的明器看，汉代的石磨和现在的没有什么不同。现在已经是原子时代——"

莫先生抢过话来，说："原子时代也还容许有汉代的石磨，石磨可以磨豆浆，——你今天早上就喝了豆浆！"

他们争执不下，转过来问我对卖蚯蚓的人的"价值""存在"有什么看法。

我说："我只是想了解了解他。我对所有的人都有兴趣，包括站在时代的前列的人和这个汉俑一样的卖蚯蚓的人。这样的人在北京还不少。他们的成分大概可以说是城市贫民。糊火柴盒的、捡破烂的、捞鱼虫的、晒槐米的……我对他们都有兴趣，都想了解。我要了解他们吃什么和想什么。用你们的话说，是他们的物质生活和精神生活。吃什么，我知道一点。比如这个卖蚯蚓的老人，我知道他的胃口很好，吃什么都香。他一嘴牙只有一个活动的。他的牙很短、微黄，这种牙最结实，北方叫作'碎米牙'，他说：'牙好是口里的福。'我知道他今天早上吃了四个炸油饼。他中午和晚上大概常吃炸酱面，一顿能吃半斤，就着一把小水萝卜。他大概不爱吃鱼。至于他想些什么，我就不知道了，或者知道得很少。我是个写小说的人，对于人，我只想了解、欣赏，并对他进行描绘，我不想对任何人做出论断。像我的一位老师一样，对于这个世界，我所倾心的是现象。我不善于作抽象的思维。我对人，更多地注意的是他的审美意义。你们可以称我是一个生活现象的美食家。这个卖蚯蚓的粗壮的老人，骑着车，吆喝着‘蚯蚓——蚯蚓来！’不是一个丑的形象。——当然，我还觉得他是个善良的，有古风的自食其力的劳动者，他至少不是社会的蛀虫。”

这时忽然有一个也常在玉渊潭散步的学者模样的中年人插了进来，他自我介绍：“我是一个生物学家。——我听了你们的谈话。从生物学的角度，是不应鼓励挖蚯蚓的。蚯蚓对农业生产是有益的。”我们全都傻了眼了。

一九八三年四月一日写成

云致秋行状

云致秋是个乐天派，凡事看得开，生死荣辱都不太往心里去，要不他活不到他那个岁数。

我认识致秋时，他差不多已经死过一次。肺病——很严重了。医院通知了剧团，剧团的办公室主任上他家给他送了一百块钱。云致秋明白啦：这是让我想吃点什么吃点什么呀！——吃！涮牛肉，一天涮二斤。那阵牛肉便宜，也好买。卖牛肉的和致秋是老街坊，“发小”，又是个戏迷，致秋常给他找票看戏。他知道致秋得的这个病，就每天给他留二斤嫩的，切得跟纸片儿似的，拿荷叶包着，等着致秋来拿。致秋把一百块钱牛肉涮完了，上医院一检查，你猜怎么着：好啦！大夫直纳闷：这是怎么回事呢？致秋说：“我的火炉子好！”他说的“火炉子”指的是消化器官。当然他的病也不完全是涮牛肉涮好了的，组织上还让他上小汤山疗养了一阵。致秋说：“还是共产党好啊！要不，就凭我，一个唱戏的，上小汤山，疗养——姥姥！”肺病是好了，但是肺活量小了。他说：“我这肺里好些地方都是死膛儿，存不了多少气！”上一趟四楼，到了二楼，他总得停下来，摆摆手，意思是告诉和他一起走的人先走，他缓一缓，一会就来。就是这样，他还照样到楼梓庄参加劳动，到番字牌搞四清，上井冈山去体验生活，什么也没有落下。

除了肺不好，他还有个“犯肝阳”的毛病。“肝阳”一上来，两眼一黑，什么都看不见了。他从口袋里摸出一个干辣椒（他口袋里随时都带几个干辣椒）放到嘴里嚼嚼，闭闭眼，一会就好了。他说他平时不吃辣，“肝阳”一犯，多辣的辣椒嚼起来也不辣。这病我没听说过，不知是一种什么怪病。说来就来，一会儿又没事了。原来在起草一个什么材料，戴上花镜接碴儿下笔千言离题万里地写下去；原来在给人拉胡琴说戏，把合上的弓子抽开，定定弦，接茬儿说；原来在聊天，接碴儿往下聊。海聊穷逗，谈笑风生，一点不像刚刚犯过病。

致秋家贫，少孤。他家原先开一个小杂货铺，不是唱戏的，是外行。——梨园行把本行以外的人和人家都称为“外行”。“外行”就是不是唱戏的，并无褒贬之意。谁家说了一门亲事，俩老太太遇见了，聊起来。一个问：“姑娘家里是干什么的？”另一个回答是干吗的，完了还得找补一句：“是外行。”为什么要找补一句呢？因为梨园行的嫁娶，大都在本行之内选择。门当户对，知根知底。因此剧团的演员大都沾点亲，“论”得上，“私底下”都按亲戚辈分称呼。这自然会影响到剧团内部人跟人的关系。剧团领导曾召开大会反对过这种习气，但是到了还是没有改过来。

致秋上过学，读到初中，还在青年会学了两年英文。他文笔通顺，字也写得很清秀，而且写得很快。照戏班里的说法是写得很“溜”。他有一桩本事，听报告的时候能把报告人讲的话一字不落地记下来。他曾在邮局当过一年练习生，后来才改了学戏。因此他和一般出身于梨园世家的演员有些不同，有点“书卷气”。

原先在致兴成科班。致兴成散了，他拜了于连萱。于先生原先也是“好角”，后来塌了中，就不再登台，在家教戏为生。

那阵拜师学戏，有三种。一种是按月致送束脩的。先生按时到学生家去，或隔日一次，或一个月去个十来次。

一种本来已经坐了科，能唱了，拜师是图个名，借先生一点“仙气”，到哪儿搭班，一说是谁谁谁的徒弟，“那没错！”台上台下都有个照应。这就说不上固定报酬了，只是三节两寿——五月节，八月节，年下，师父、师娘生日，送一笔礼。另一种，是“写”结先生的。拜师时立了字据。教戏期间，分文不取。学成之后，给先生效几年力。搭了班，唱戏了，头天晚上开了戏份——那阵都是当天开份，戏没有打住，后台管事都把各人的戏份封好了，第二天，原封交给先生。先生留下若干，剩下的给学生。也有的时候，班里为了照顾学生，会单开一个“小份”，另外封一封，这就不必交先生了。先生教这样的学生，是实授的，真教给东西。这种学生叫作“把手”的徒弟。师徒之间，情义很深。学生在先生家早晚出入，如一家人。

云致秋很聪明，模仿能力很强，他又有文化，能抄本子，这比口传心授自然学得快得多，于先生很喜欢他。没学几年，就搭班了。他是学“二旦”的，但是他能唱青衣，—— 一般二旦都只会花旦戏，而且文的武的都能来，《得意缘》的郎霞玉，《银空山》的代战公主，都行。《四郎探母》，他的太后。——那阵班里派戏，都有规矩。比如《四郎探母》，班里的旦角，除了铁镜公主，下来便是萧太后，再下来是四夫人，再下来才是八姐、九妹。谁来什么，都有一定。所开戏份，自有差别。致秋唱了几年戏，不管搭什么班，只要唱《四郎探母》，太后都是他的。

致秋有一条好嗓子。据说年轻时扮相不错，——我有点怀疑。他是一副窄长脸，眼睛不大，鼻子挺长，鼻子尖还有点翘。我认识他时，他已经是干部，除了主演忙或领导上安排布置，他不再粉墨登场了。我一共看过他两出戏:《得意缘》和《四郎探母》。他那很多地方是死膛的肺里的氧气实在不够使，我看他扮着郎霞玉，拿着大枪在台上一通折腾，不停地呼哧呼哧喘气，真够他一呛！不过他还是把一出《得意缘》唱下来了。《四郎探母》那回是"大合作"，在京的有名的须生、青衣都参加了，在中山公园音乐堂。那么多的"好角"，可是他的萧太后还真能压得住，一出场就来个碰头好。观众也有点起哄。一来，他确实有个太后的气派，"身上"，穿着花盆底那两步走，都是样儿；再则，他那扮相实在太绝了。京剧演员扮戏，早就改了用油彩。梅兰芳、程砚秋、尚小云，后来都是用油彩。他可还是用粉彩，鹅蛋粉、胭脂，眉毛描得笔直，樱桃小口一点红，活脱是一幅"同光十三绝"，俨然陈德霖再世。

云致秋到底为什么要用粉彩化妆，这是出于一种什么心理，我一直没有捉摸透。问他，他说:"粉彩好看！

油彩哪有粉彩精神呀!”这是真话么?这是标新(旧)立异?玩世不恭?都不太像。致秋说:“粉彩怎么啦,公安局管吗?”公安局不管,领导上不提意见,就许他用粉彩扮戏。致秋是个凡事从众随俗的人,有的时候,在无害于人,无损于事的情况下,也应该容许他发一点小小的狂。这会使他得到一点快乐,一点满足:“这就是我——云致秋!”

致秋有个习惯,说着说着话,会忽然把眉毛、眼睛、鼻子“纵”在一起,嘴唇紧闭;然后又用力把嘴张开,把眼睛鼻子挣回原处。这是用粉彩落下的毛病。小时在科班里,化妆,哪儿给你准备蜜呀,用一大块冰糖,拿开水一沏,师父给你抹一脸冰糖水,就往上扑粉。冰糖水干了,脸上绷得难受,老想活动活动肌肉,好松快些,久而久之,成了习惯,几十年也改不了。看惯了,不觉得。生人见面,一定很奇怪。我曾跟致秋说过:“你当不了外交部长!——接见外宾,正说着世界大事,你来这么一下,那怎么行?”致秋说:“对对对,我当不了外交部长!——我会当外交部长吗?”

致秋一辈子走南闯北,跑了不少码头,搭过不少班,“傍”过不少名角。他给金少山、叶盛章、唐韵笙都挎过刀。他会的戏多,见过的也多,记性又好,甭管是谁家的私房秘本，什么四大名旦，哪叫麒派、马派，什么戏缺人，他都来顶一角，而且不用对戏，拿起来就唱。他很有戏德，在台上保管能把主角傍得严严实实，不洒汤，不漏水，叫你唱得舒舒服服。该你得好的地方，他事前给你垫足了，主角略微一使劲，“好儿”就下来了；主角今天嗓音有点失润，他也能想法帮你“遮”过去，不特别“卯上”，不会存心“啃”你一下。临时有个演员，或是病了，或是家里出了点事，上不去，戏都开了，后台管事急得乱转：“云老板，您来一个！”“救场如救火”，甭管什么大小角色，致秋二话不说，包上头就扮戏。他好说话。后台嘱咐“马前”，他就可以掐掉几句；“马后”，他能在台上多“绷”一会。有一次唱《桑园会》，老生误了场，他的罗敷，愣在台上多唱出四句大慢板！——临时现编词儿。一边唱，一边想，唱了上句，想下句。打鼓佬和拉胡琴的直纳闷：他怎还唱呀！下来了，问他：“您这是哪一派？”——“云派！”他聪明，脑子快，能“钻锅”，没唱过的戏，说说，就上去了，还保管不会出错。他台下人缘也好。从来不“拿糖”“吊腰子”。为了戏份、包银不合适，临时把戏“砍”下啦，这种事他从来没干过。戏班里的事，也挺复杂，三叔二大爷，师兄，师弟，你厚啦，我薄啦，你鼓啦，我瘪啦，仨一群，俩一伙，你踩和我，我挤对你，又合啦，又“咧”啦……经常闹纷纷。常言说：“宁带千军，不带一班。”这种事，致秋从来不往里掺和。戏班里流传两句“名贤集”式的处世格言，一是“小心干活，大胆拿钱”；一是“不多说，不少道”。致秋是身体力行的。他爱说，但都是海聊穷逗，从不钩心斗角，搬弄是非。因此，从南到北，都愿意用他，来约的人不少，他在家赋闲当“散仙”的时候不多。

他给言菊朋挂过二牌，有时在头里唱一出，也有时陪着言菊朋唱唱《汾河湾》一类的“对儿戏”。这大概是云致秋的艺术生涯登峰造极的时候了。

我曾问过致秋：“你为什么不自己挑班？”致秋说：“有人撺掇过我。我也想过。不成，我就这半碗。唱二路，我有富裕，挑大梁，我不够。不要小鸡吃绿豆，强努。挑班，来钱多，事儿还多哪。挑班，约人，处好了，火炉子，热烘烘的：处不好，‘虱子皮袄’，还得穿它，又咬得慌。还得到处请客、应酬、拜门子，我淘不了这份神。这样多好，我一个唱二旦的，不招风，不惹事。黄金荣、杜月笙、袁良、日本宪兵队，都找寻不到我头上。得，有碗醋卤面吃就行啦！”

致秋在外码头搭班唱戏了，所得包银，就归自己了。不过到哪儿，回北京，总得给于先生带回点什么。于先生病故，他出钱买了口好棺材，披麻戴孝，致礼尽哀。

攒了点钱，成了家。媳妇相貌平常，但是性情温厚，待致秋很好，净变法子给他做点好吃的，好让他的“火炉子”烧得旺旺的。

跟云致秋在一起，待一天，你也不会闷得慌。他爱聊天，也会聊。他的聊天没有什么目的。聊天还有什么目的？——有。有人爱聊，是在显示他的多知多懂。剧团有一位就是这样，他聊完了一段，往往要来这么几句：“这种事你们哪知道啊！爷们，学着点吧！”致秋的爱聊，只是反映出他对生活，对人，充满了近于童心的兴趣。致秋聊天，极少臧否人物。“闲谈莫论人非”，他从不发人阴私，传播别人一点不大见得人的秘闻，以博大家一笑。有时说到某人某事，也会发一点善意的嘲笑，但都很有分寸，决不流于挖苦刻薄。他的嘴不损。他的语言很生动，但不装腔作势，故弄玄虚。有些话说得很逗，但不是“隔肢”人，不“贫”。他走南闯北，知道的事情很多，而且每个细节都记得非常清楚，——这真是一种少有的才能，一个小说家必备的才能！这事发生在哪一年，那年洋面多少钱一袋；是樱桃、桑葚下来的时候，还是九花开的时候，一点错不了。我写过一个关于裘盛戎的剧本，把初稿送给他看过，为了核对一些事实，主要是盛戎到底跟杨小楼合唱过《阳平关》没有。他那时正在生病，给我写了一个字条："盛戎和杨老板合演《阳平关》实有其事。那是1935年，盛戎二十，我十七。在华乐。那天杨老板的三出。头里一出是朱琴心的《采花赶府》(我的丫鬟)。盛戎那时就有观众，一个引子满堂好……"

这大概是致秋留在我这里的唯一的一张"遗墨"了。头些日子我翻出来看过，不胜感慨。

致秋是新中国成立后北京戏曲界第一批入党的党员。在第一届戏曲演员讲习会的时候就入党了。他在讲习会表现好，他有文化，接受新事物快。许多闻所未闻的革命道理，他听来很新鲜，但是立刻就明白了，"是这么个理儿！"许多老艺人对"猴变人"，怎么也想不通。在学习"谁养活谁"时，很多底包演员一死儿认定了是"角儿"养活了底包。他就掰开揉碎地给他们讲，他成了一个实际上的学习辅导员，——虽然讲了半天，很多老艺人还是似通不通。解放，对于云致秋，真正是一次解放，他的翻身感是很强烈的。唱戏的不再是"唱戏低"了，不是下九流了。他一辈子傍角儿。他和挑班的角儿关系处得不错，但他毕竟是个唱二旦的，不能和角儿平起平坐。"是龙有性"，角儿都有角儿的脾气。角儿今天脸色不好，全班都像顶着个雷。入了党，致秋觉得精神上长了一块，打心眼儿里痛快。“从今往后，我不再傍角儿！我傍领导！傍组织！”

他回剧团办过扫盲班。这个“盲”真不好扫呀。

舞台工作队有个跟包打杂的，名叫赵旺。他本叫赵旺财。《荷珠配》里有个家人，叫赵旺，专门伺候员外吃饭。员外后来穷了，还是一来就叫“赵旺！——我要吃饭了”。“赵旺”和“吃饭”变成了同义语。剧团有时开会快到中午了，有人就提出：“咱们该赵旺了吧！”这就是说：该吃饭了。大家就把赵旺财的财字省了，上上下下都叫他赵旺。赵旺出身很苦（他是个流浪孤儿，连自己的出生年月都不知道），又是“工人阶级”，“文化大革命”中就成了几个战斗组争相罗致的招牌，响当当的造反派。

就是这位赵旺老兄，曾经上过扫盲班。那时扫盲没有新课本，还是沿用“人手足刀尺”。云致秋在黑板上写了个“足”字，叫赵旺读。赵旺对着它相了半天面。旁边有个演员把脚伸出来，提醒他。赵旺读出来了：“鞋！”云致秋摇摇头。那位把鞋脱了，赵旺又读出来了：“哦，袜子”。云致秋又摇摇头。那位把袜子也脱了，赵旺大声地读了出来：“脚巴丫子！”

（云致秋想：你真行！一个字会读成四个字！）

扫盲班结束了，除了赵旺，其余的大都认识了不少字，后来大都能看《北京晚报》了。

后来，又办了一期学员班。

学员班只有三个人是脱产的，都是从演员里抽出来的，一个贾世荣，是唱里子老生的，一个云致秋，算是正副主任。还有一个看功的老师马四喜。

马四喜原是唱武花脸的，台上不是样儿，看功却有经验。他父亲就是在科班里抄功的。他有几个特点。一是抽关东烟，闻鼻烟，绝对不抽纸烟。二是肚子里很宽，能读"三国列国"，《永庆升平》《三侠剑》，倒背如流。另一个特点是讲话爱用成语，又把成语的最后一个字甚至几个字"歇"掉。他在学员练功前总要讲几句话。

"同志们，你们可都是含苞待，大家都有锦绣前！这练功，一定要硬砍实，可不能偷工减！千万不要少壮不，将来可就要老大难啦！——踢腿：走！"

贾世荣是个慢性子，什么都慢。台上一场戏，他一上去，总要比别人长出三五分钟。他说话又喜欢咬文嚼字，引经据典。所据经典，都是戏。他跟一个学员谈话，告诫他不要骄傲："可记得关云长败走麦城之故耳？……"下面就讲开了《走麦城》。从科班到戏班，除此以外，他哪儿也没去过。不知道谁的主意，学员班要军事化。他带操，"立正！报数！齐步走！"这都不错。队伍走到墙根了，他不叫“左转弯走”或“右转弯走”，也不知道叫“立定”，一下子慌了，就大声叫：“吁！……”云致秋和马四喜也跟在队后面走。马四喜炸了：“怎么碴！把我们全当成牲口啦！”

贾世荣和马四喜各执其事，不负全面责任，学员班的一切行政事务，全面由云致秋一个人操持。借房子，招生，考试，政审，请教员。谁的五音不全，谁的上下身不合。谁正在倒仓，能倒过来不能。谁的半月板扭伤了，谁撕裂了韧带，请大夫，上医院。男生干架，女生斗嘴……事无巨细，都得要管。每天还要说戏。凡是小嗓的，他全包了，青衣、花旦、刀马，唱做念打，手眼身法步，一招一式地教。

学员班结业，举行了汇报演出。剧团的负责人，主要演员都到场看了，—— 一半是冲着云致秋的面子去的。“咱们捧捧致秋！办个学员班，不易”——“捧捧！”党委书记讲话，说学员班办得很有成绩，为剧团输送了新的血液。实际上是输送了一些“院子过道”、宫女丫鬟。真能唱一出的，没有两个。当初办学员班，目的就在招“院子过道”、宫女丫鬟，没打算让他们唱一出。这一期学员，后来在“文化大革命”中可没少热闹。

致秋后来又当了一任排练科长。排练科是剧团最敏感的部门。演员们说，剧团只有两件事是“过真格”的。一是“拿顶”。“拿顶”就是领工资，——剧团叫“开支”。过去领工资不兴签字，都要盖戳。戳子都是字朝下，如拿顶，故名“戳子拿顶”。一简化，就光剩下“拿顶”了。“嗨，快去，拿顶来！”另一件，是排戏。一个演员接连排出几出戏，观众认可了，噌噌噌，就许能红了。几年不演戏，本来有两下子的，就许窝了回去。给谁排啦，不给谁排啦；派谁什么角色啦，讨俏不讨俏，费力不费力，广告上登不登，戏单上有没有名字……剧团到处嘁嘁喳喳，交头接耳，咬牙跺脚，两眼发直，整天就是这些事儿。排练科长，官不大，权不小。权这个东西是个古怪东西，人手里有它，就要变人性。说话调门儿也高啦，用的字眼儿也不同啦，神气也变啦。谁跟我不错，“好，有在那里！”谁得罪过我，“小子，你等着吧，只要我当一天科长，你就甭打算痛快！”因此，两任排练科长，没有不招恨的。有人甚至在死后还挨骂：“×××，真不是个东西！”云致秋当了两年排练科长，风平浪静。他排出来的戏码，定下的“人位”（戏班把分派角色叫作“定人位”），一碗水端平，谁也挑不出什么来。有人给他家送了一条好烟，提了两瓶酒，几斤苹果，致秋一概婉词拒绝：“哥们！咱们不兴这个！我要不想抽您那条大中华，喝您那两瓶西风，我是孙子！可我现在在这个位置上，不能让人戳我的脊梁骨。您拿回去！咱们天知地知，你知我知，就当没有这回事！”

后来致秋调任了办公室副主任，——主任是贾世荣。他这个副主任没地儿办公。办公室里会计、出纳、总务、打字员，还有贾主任独据一张演《林则徐》时候特制的维多利亚时代硬木雕花的大写字台（剧团很多家具都是舞台上撤下来的大道具），都满了。党委办公室还有一张空桌子，“得来，我就这儿就乎就乎吧！”我们很欢迎他来，他来了热闹。他不把我们看成“外行”，对于从老解放区来的，部队下来的，老郭、老吴、小冯、小梁，还有像我这样的“秀才”，天生来有一种好感。我们很谈得来。他事实上成了党委会的一名秘书。党委和办公室的工作原也不大划得清。在党委会工作的几个人，没有十分明确的分工。有了事，大家一齐动手；没事，也可以瞎聊。致秋给自己的工作概括成为四句话：跑跑颠颠，上传下达，送往迎来，喜庆堂会。

党委会经常要派人出去开会。有的会，谁也不愿去，就说：“嗨，致秋，你去吧！”“好，我去！”市里或区里布置春季卫生运动大检查、植树、“交通安全宣传周”，以及参加刑事杀人犯公审（公审后立即枪决）……这都是他的事。回来，传达。他的笔记记得非常详细，有闻必录。让他念念笔记，他开始念了："张主任主持会议。张主任说：'老王，你的糖尿病好了一点没有？' ……"问他会议的主要精神是什么，什么是张主任讲话的要点，答曰："不知道。"他经常起草一些向上面汇报的材料，翻翻笔记本，摊开横格纸就写，一写就是十来张。写到后来，写不下去了，就叫我："老汪，你给我瞧瞧，我这写的是什么呀？"我一看：哩哩啦啦，啰嗦重复，不知所云。他写东西还有个特点，不分段，从第一个字到末一个句号，一气到底，一大篇！经常得由我给他"归置归置"，重新整理一遍。他看了说："行！你真有两下。"我说："你写之前得先想想，想清楚再写呀。李笠翁说，要袖手于前，才能疾书于后哪！"——"对对对！我这是疾书于前，袖手于后！写到后来，没了辙了！"

他的主要任务，实际是两件。一是做上层演员的统战工作。剧团的党委书记曾有一句名言：剧团的工作，只要把几大头牌的工作做好，就算搞好了一半（这句话不能算是全无道理，可是在"文化大革命"中成为群众演员最为痛恨的一条罪状）。云致秋就是搞这种工作的工具。另一件，是搞保卫工作。

致秋经常出入于头牌之门，所要解决的都是些难题。

主要演员彼此常为一些事情争，争剧场（谁都愿上工人俱乐部、长安、吉祥，谁也不愿去海淀，去圆恩寺……），争日子口（争节假日，争星期六、星期天），争配角，争胡琴，争打鼓的。致秋得去说服其中的一个顾全大局，让一让。最近“业务”不好，希望哪位头牌把本来预订的“歇工戏”改成重头戏；为了提拔后进，要请哪位头牌“捧捧”。一个青年演员，跟她合唱一出“对儿戏”；领导上决定，让哪几个青年演员“拜”哪几位头牌，希望头牌能“收”他们……这些等等，都得致秋去说。致秋的工作方法是进门先不说正事，三叔二舅地叫一气，插科打诨，嘻嘻哈哈，然后才说：“我今儿来，一来是瞧瞧您，再，还有这么档事……”他还有一个偏方，是走内线。不找团长（头牌都是团长、副团长），却找“团太”。——这是戏班里兴出来的特殊称呼，管团长的太太叫“团太”。团太知道他无事不登三宝殿，有时绷着脸：“三婶今儿不高兴，给三婶学一个！”致秋有一手绝活：学人。甭管是台上、台下，几个动作，神情毕肖。凡熟悉梨园行的，一看就知道是谁。他经常学的是四大须生出场报名，四人的台步各有特色，音色各异，对比鲜明。“漾（杨）抱（宝）森”（声音浑厚，有气无力）；“谭富音（英）”（又高又急又快，“英”字抵腭不穿鼻，读成“鬼音”）；“奚啸伯”（嗓音很细，“奚、啸”皆读尖字，“伯”字读为入声）；“马——连——良呃！”（吊儿郎当，满不在乎）。逗得三婶哈哈一乐：“什么事？说吧！”致秋把事情一说。“就这么点事儿呀？瞎！没什么大不了的！行了，等老头子回来，我跟他说说！”事情就算办成了。

党委会的同志对他这种做法很有意见。有时小冯或小梁跟他一同去，出了门就跟他发作：“云致秋！你这是干什么！——小丑！”——“是小丑！咱们不是为把这点事办圆满了吗？这是党委交给我的任务，我有什么办法？你当我愿意哪！”

云致秋上班有两个专用的包。一个是普通双梁人造革黑提包，一个是带拉链、有一把小锁的公文包。他一出门，只要看他的自行车把上挂的是什么包，就知道大概是上哪里去。如果是双梁提包，就不外是到区里去，到文化局或是市委宣传部去。如果是接锁公文包，就一定是到公安局去。大家还知道公文包里有一个蓝皮的笔记本。这笔记本是编了号的，并且每一页都用打号机打了页码。这里记的都是有关治安保卫的材料。材料有的是公安局传达的，有的是他向公安局汇报的。这些笔记本是绝对保密的。他从公安局开完会，立刻回家，把笔记本锁在一口小皮箱里。云致秋那么爱说，可是这些笔记本里的材料，他绝对守口如瓶，没有跟任何人谈过。谁也不知道这里面写的是什么，不少人都很想知道。因为他们知道这些材料关系到很多人的命运。出国或赴港演出；谁能去，谁不能去；谁不能进人民大会堂，谁不能到小礼堂演出；到中南海给毛主席演戏，名单是怎么定的……这些等等，云致秋的小本本都起着作用。因为那只拉锁公文包和包里的蓝皮笔记本，使很多人暗暗地对云致秋另眼相看，一看见他登上车，车把上挂着那个包，就彼此努努嘴，暗使眼色。这些笔记本，在云致秋心里，是很有分量的。他感到党对自己的信任，也为此觉得骄傲，有时甚至有点心潮澎湃，壮怀激烈。

因为工作关系，致秋不但和党委书记、团长随时联系，和文化局的几位局长也都常有联系。主管戏曲的、主管演出的和主管外事的副局长，经常来电话找他。这几位局长的办公室，家里，他都是推门就进。找他，有时是谈工作，有时是托他办点私事，——在全聚德订两只烤鸭，到前门饭店买点好烟、好酒……有时甚至什么也不为，只是找他来瞎聊，解解闷（少不得要喝两盅）。他和局长们虽未到了称兄道弟的程度，但也可以说是“忘形到尔汝”了。他对局长，从来不称官衔，人前人后，都是直呼其名。他在局长们面前这种自由随便的态度很为剧团许多演员所羡慕，甚至嫉妒。他们很纳闷：云致秋怎么能和头儿们混得这样熟呢？

致秋自己说的“四大任务”之一的“喜庆堂会”，不是真的张罗唱堂会——现在还有谁家唱堂会呢？第一是张罗拜师。有一阵戏曲界大兴拜师之风。领导上提倡，剧团出钱。只要是看来有点出息的演员，剧团都会由一个老演员把他（她）们带着，到北京来拜一个名师。名演员哪有工夫教戏呀？他们大都有一个没有嗓子可是戏很熟的大徒弟当助教。外地的青年演员来了，在北京住个把月，跟着大师哥学一两出本门的戏，由名演员的琴师说说唱腔，临了，走给老师看看，老师略加指点，说是“不错！”这就高高兴兴地回去，在海报上印上“××× 老师亲授”字样，顿时身价十倍，提级加薪。到北京来，必须有人“引见”。剧团的老演员很多都是先投云致秋，因为北京的名演员的家里，致秋哪家都能推门就进。拜师照例要请客。文化局的局长、科长，剧团的主要演员、琴师、鼓师，都得请到。云致秋自然少不了。致秋这辈子经手操办过的拜师仪式，真是不计其数了。如果你愿意听，他可以给你报一笔总账，保管落不下一笔。

致秋忙乎的另一件事是帮着名角办生日。办生日不过是借名请一次客。致秋是每请必到，大都是头一个。他既是客人，也一半是主人，——负责招待。他是不会忘记去吃这一顿的，名角们的生辰他都记得烂熟。谁今年多大，属什么的，问他，张口就能给你报出来。

我们对致秋这种到处吃喝的作风提过意见。他说："他们愿意请，不吃白不吃！"

致秋火炉子好，爱吃喝，但平常家里的饭食也很简单。有一小包天福的酱肘子，一碟炒麻豆腐，就酒菜、饭菜全齐了。他特别爱吃醋卤面。跟我吹过几次，他一做醋卤，半条胡同都闻见香。直到他死后，我才弄清楚醋卤面是一种什么面。这是山西"吃儿"（致秋原籍山西）。我问过山西人，山西人告诉我："××茄子打卤，搁上醋！"这能吃到哪里去吗？然而我没能吃上致秋亲手做的醋卤面，想想还是有些怅然，因为他是诚心请我的。

"文化大革命"一来，什么全乱了。

京剧团是个凡事落后的地方，这回可是跑到前面去了。一夜之间，剧团变了模样。成立了各色各样，名称奇奇怪怪的战斗组。所有的办公室、练功厅、会议室、传达室、甚至堆煤的屋子、烧暖气的锅炉间、做刀枪靶子的作坊……全都给瓜分占领了。不管是什么人，找一个地方，打扫一番，搬来一些箱箱柜柜，都贴了封条，在门口挂出一块牌子，这就是他们的领地了。——只有会计办公室留下了，因为大家知道每个月月初还得“拿顶”，得有个地方让会计算账。大标语，大字报，高音喇叭，语录歌，五颜六色，乱七八糟。所有的人都变了人性。“小心干活，大胆拿钱”，“不多说，不少道”，全都不时兴了。平常挺斯文的小姑娘，会站在板凳上跳着脚跟人辩论，口沫横飞，满嘴脏字，完全成了一个泼妇。连贾世荣也上台发言搞大批判了。不过他批远不批近，不批团领导、局领导，他批刘少奇，批彭真。他说的都是报上的话，但到了他嘴里都有点“上韵”的味道。他批判这些大头头，不用“反革命修正主义”之类的帽子，他一律称之为“××老儿！”云致秋在下面听着，心想：真有你的！大家听着他满口“××老儿”，都绷着。一个从音乐学院附中调来的弹琵琶的女孩终于忍不住“扑哧”一声笑出来了。有一回，他又批了半天“××老儿”，下面忽然有人大声嚷嚷：“去你的‘××老儿’吧！你给他们捧的臭脚还少哇！——下去啵你！”这是马四喜。从此，贾世荣就不再出头露面。他自动地走进了牛棚。进来跟“黑帮”们抱拳打招呼，说：“我还是这儿好。”

从学员班毕业出来的这帮小爷可真是神仙一样的快活。他们这辈子没有这样自由过，没有这样随心所欲，想干什么就干什么过。他们跟社会上的造反团体挂钩，跟

“三司”，跟“西纠”，跟“全艺造”，到处拉关系。他们学得很快。社会上有什么，剧团里有什么。不过什么事到了他们手里，就都还有所发明，有所创造，有所前进，就都带上了京剧团的特点，也更加闹剧化。京剧团真是藏龙卧虎哇！一下子出了那么多司令、副司令，出了那么多理论家，出了那么多笔杆子（他们被称为刀笔）和那么多“浆子手”。——这称谓是京剧团以外所没有的，即专门刷大字报糨糊的。戏台上有“牢子手”“刽子手”，专刷浆子的于是被称为“浆子手”。赵旺就是一名“浆子手”。外面兴给黑帮挂牌子了，他们也挂！可是他们给黑帮挂的牌子却是外面见不到的:《拿高登》里的石锁,《空城计》诸葛亮抚的瑶琴,《女起解》苏三戴的鱼枷。——这些“砌末”上自然都写黑帮的姓名过犯。外面兴游街，他们也得让黑帮游游。几个战斗组开了联席会议，会上决定，给黑帮“扮上”：给这些“敌人”勾上阴阳脸，戴上反王盔，插一根翎子，穿上各色各样古怪戏装，让黑帮打着锣，自己大声报名，谁声音小了，就从后腰眼狠狠地杵一锣槌。

马四喜跟这些小将不一样。他一个人成立一个战斗组。他这个战斗组随时改换名称，这些名称多半与“独”字有关，一会叫“独立寒秋战斗组”，一会叫“风景这边独好战斗组”。用得较久的是“不顺南不顺北战士”（北京有一句俗话："骑着城墙骂鞑子，不顺南不顺北"）。团里分为两大派，他哪一派不参加，所以叫"不顺南不顺北"。他上午睡觉。下午写大字报。天天写，谁都骂，逮谁骂谁，晚上是他最来精神的时候。他自愿值夜，看守黑帮。看黑帮，他并不闲着，每天找一名黑帮"单个教练"。他喝完了酒，沏上一壶酽茶，抽上关东烟，就开始"单个教练"了。所谓"单个教练"，是他给黑帮上课，讲马列主义。黑帮站着，他坐着。一教练就是两个小时，从十二点到次日凌晨两点，准时不误。

（不知道为什么，他没有把我叫去"教练"过，因此，我不知道他讲马列主义时是不是也是满口的歇后成语。要是那样，那可真受不了！）

云致秋完全懵了。他从旧社会到新社会形成的、维持他的心理平衡的为人处世哲学彻底崩溃了。他不但不知道怎么说话，怎么待人，甚至也不知道怎么思想。他习惯了依靠组织，依靠领导，现在组织砸烂了，领导都被揪了出来。他习惯于有事和同志们商量商量，现在同志们一个个都难于自保，谁也怕担干系，谁也不给谁拿什么主意。他想和老伴谈谈，老伴吓得犯了心脏病躺在床上，他什么也不敢跟她说。他发现他是孤孤仃仃一个人活在这个乱乱糟糟的世界上，这可真是难哪！每天都听到熟人横死的消息。言慧珠上吊了（他是看着她长大的）。叶盛章投了河（他和他合演过《酒丐》）。侯喜瑞一对爱如性命的翎子叫红卫兵撅了（他知道这对翎子有多长）。裘盛戎演《姚期》的白满叫人给铰了（他知道那是多少块现大洋买的。）……“今夜脱了鞋，不知明天来不来”。谁也保不齐今天会发生什么事。过一天，算一日！云致秋倒不太担心被打死：他担心被打残废了，那可就恶心了！每天他还得上团里去。老伴每天都嘱咐：“早点回来！”——“晚不了！”每天回家，老伴都得问一句：“回来了？——没什么事？”——“没事。全须全尾——吃饭！”好像一吃饭，他今天就胜利了，这会至少不会有人把他手里的这杯二锅头夺过去泼在地上！不过，他喝着喝着酒，又不禁重重地叹气：“唉！这乱到多会儿算一站？”

云致秋在“文化大革命”中做了三件他在平时绝不会做的事。这三件事对致秋以后的生活产生了相当深远的影响。

一件是揭发批判剧团的党委书记。他是书记的亲信，书记有些直送某某首长“亲启”的机密信件都是由致秋用毛笔抄写送出的。他不揭发，就成了保皇派。他揭发了半天，下面倒都没有太强烈的反应，有一个地方，忽然爆发出哄堂的笑声。致秋说：“你还叫我保你！——我保你，谁保我呀！”这本来是一句大实话，这不仅是云致秋的真实思想，也是许多人灵魂深处的秘密，很多人“造反”其实都是为了保住自己。不过这种话怎么可以公开地，在大庭广众之前说出来呢？于是大家觉得可笑，就大声地笑了，笑得非常高兴。他们不是笑自己的自私，而是笑云致秋的老实。

第二件，是他把有关治安保卫工作的材料，就是他到公安局开会时记了本团有关人事的蓝皮笔记本，交出去了。那天他下班回家，正吃饭，突然来了十几个红卫兵："云致秋！你还喝酒！跪下！”红卫兵随即展读了一道“勒令”，大意谓：云致秋平日专与人民为敌，向反动的公检法多次提供诬陷危害革命群众的黑材料。是可忍孰（原文如此）不可忍。云致秋必须立即将该项黑材料交出，否则后果自负。“后果自负”是具有很大威力的恐吓性的词句，云致秋糊里糊涂地把放这些材料的皮箱的钥匙交给了革命群众。革命群众拿到材料，点点数目，几个人分别装进挎包，登上自行车，呼啸而去。

第二天上班，几个党员就批评他。“这种材料怎么可以交出去？”——“他们说这是黑材料。”——“这是黑材料吗？你太软弱了！如果国民党来了，你怎么办！你还算个党员吗？”——“我怕他们把我媳妇吓死。”这也是一句实情话，可是别人是不会因此而原谅他的。当时事情也就过去了，后来到整党时，他为这件事多次通不过，他痛哭流涕地检查了好多回。他为这件事后悔了一辈子。他知道，以后他再也不适合干带机要性质的工作了。

第三件，是写了不少揭发材料，关于局领导的，团领导的。这些材料大都不是什么重大政治问题，都是些鸡毛蒜皮的生活小事。但是这些材料都成了斗争会上的炮弹，虽然打不中要害，但是经过添油加醋，对“搞臭”一个人却有作用。被批判的人心里明白，这些材料是云致秋提供的，只有他能把时间、地点、事情的经过记得那样清楚。

除了陪着黑帮游了两回街，听了几次马四喜的“单个教练”，云致秋在“文化大革命”中没有受太大的罪。他是旧党委的“黑班底”，但够不上是走资派，他没有进牛棚，只是由革命群众把他和一些中层干部集中在“干部学习班”学习，学毛选，写材料。后来两派群众热衷于打派仗，也不大管他们，他觉得心里踏实下来，在没人注意他们时，他又悄悄传播一些外面的传闻，而且又开始学人、逗乐了。干部学习班的空气有时相当活跃。

云致秋“解放”得比较早。

成立了革委会。上面指示：要恢复演出。团里的几出样板戏，原来都是云致秋领着到样板团去“刻模子”刻出来的，他记性好，能把原剧复排出来。剧中有几个角色有政治问题，得由别人顶替，这得有人给说。还有几个红五类的青年演员要培养出来接班。军代表、工宣队和革委会的委员们一起研究：还得把云致秋“请”出来。说是排戏，实际上是教戏。云致秋爱教戏，教戏有瘾，也会教。有的在北京、天津、南京已经颇有名气的演员，有时还特意来找云致秋请教，不管哪一出，他都能说出个幺二三，官中大路是怎样的，梅在哪里改了改，程在哪里走的是什么，简明扼要，如数家珍。单是《长坂坡》的“抓帔”，我就见他给不下七八个演员说过。只要高盛麟来北京演出《长坂坡》，给盛麟配戏的旦角都得来找致秋。他教戏还是有教无类，什么人都给说。连在党委会工作的小梁，他都愣给她说了一出《玉堂春》，一出《思凡》。

不过培养这几个红五类接班人，可把云致秋给累苦了。这几个接班人完全是“小老斗”，连脚步都不会走，致秋等于给她们重新开蒙。他给她们“掰扯”嘴里，“抠哧”身上，得给她们说“范儿”。“要先有身上，后有手”，“劲儿在腰里，不在肩膀上”，“先出左脚，重心在右脚，再出右脚，把重心移过来”……他帮她们找共鸣，纠正发音位置，哪些字要用丹田，哪些字“嘴里唱”就行了。有一个演员嗓音缺乏弹性，唱不出“擞音”，声音老是直的，他恨不得钻进她的嗓子，提喽着她的声带让它颤动。好不容易，有一天，这个演员有了一点“擞”，云致秋大叫了一声：“我的妈呀，你总算找着了！”致秋一天三班，轮番给这几位接班人说戏，每说一个“工时”，得喝一壶开水。

致秋教学生不收礼，不受学生一杯茶。剧团有这么一个不成文的规矩，老师来教戏，学生得给预备一包好茶叶。先生把保温杯拿出来，学生立刻把茶叶折在里面，给沏上，闷着。有的老师就有一个杯子由学生保存，由学生在提兜里装着，老师未到，茶已沏好。致秋从不如此，他从来是自己带着一个“瓶杯”——玻璃水果罐头改制的，里面装好了茶叶。他倒有几个很好看的杯套，是女生用玻璃丝编了送他的。

于是云致秋又成了受人尊敬的“云老师”。“云老师”长，“云老师”短，叫得很亲热。因为他教学有功，几出样板戏都已上演，有时有关部门招待外国文化名人的宴会，他也收到请柬。他的名字偶尔在报上出现，放在“知名人士”类的最后一名。“还有知名人士×××、×××、云致秋”。干部学习班的“同学”有时遇见他，便叫他“知名人士”，云致秋：“别逗啦！我是‘还有’！”

在云致秋又“走正字”的时候，他得了一次中风，口眼歪斜。他找了小孔。孔家世代给梨园行瞧病，演员们都很信服。致秋跟小孔大夫很熟。小孔说："你去找两丸安宫牛黄来，你这病，我包治！"两丸安宫牛黄下去，吃了几剂药，真好了。致秋拄了几天拐棍，后来拐棍也扔了，他又来上班了。

"致秋，又活啦！"

"又活啦。我寻思这回该上八宝山了，没想到，到了五棵松，这又回来啦！"

"还喝吗？"

"还喝！——少点。"

打倒"四人帮"，百废俱兴，政策落实，没想到云致秋倒成了闲人。

原来的党委书记兼团长调走了。新由别的剧团调来一位党委书记兼团长。辛团长（他姓辛）和云致秋原来也是老熟人，但是他带来了全部班底，从副书记到办公室、政工、行政各部门的主任、会计出纳、医务室的大夫，直到扫楼道的工人、看传达室的……他没有给云致秋安排工作。局里的几位副局长全都"起复"了，原来分工干什么的还干什么。有人劝致秋去找找他们，致秋说："没意思。"这几位头头，原来三天不见云致秋，就有点想他。现在，他们想不起他来了。局长们的胸怀不会那样狭窄，他们不会因为致秋曾经揭发过他们的问题而耿耿于怀，只是他们对云致秋的感情已经很薄了。有时有人在他们面前提起致秋，他们只是淡淡地说：“云致秋，还是那么爱逗吗？”致秋是个热闹惯了、忙活惯了的人，他闲不住。闲着闲着，就闲出病来了。病走熟路，他那些老毛病挨着个儿来找他，他于是就在家里歇病假，哪儿也不去。他的工资还是团里领，每月月初，由他的女儿来“拿顶”。他连团里大门也不想迈。

他的老伴忽然死了，死于急性心肌梗死。这对于致秋的打击是难以想象的。他整个的垮了。在他老伴的追悼会上，他站不起来，只是瘫坐在一张椅子里，不停地流泪。熟人走过，跟他握手，他反复地说：“我完了！我完了！”老伴火化了，他也就被送进了医院。

他出院后，我和小冯、小梁去看他。他精神还好，见了我们挺高兴。

“哎呀，你们几位还来呀！——我这儿现在没有什么人来了！”

我们给他带了一点水果，一只烧鸡，还有一瓶酒。他用手把烧鸡撕开，喝起来。

喝着酒，他说：“老汪，小冯，小梁，我告诉你们，我活不了多久了。”

我们都说：“别瞎说！你现在挺好的。”

“不骗你们！这一阵我老是做梦，梦见我媳妇。昨儿夜里还梦见。我出外，她送我。跟真事一模一样。那年，李世芳坐飞机摔死那年，我要上青岛去。下大雨。前门火车站前面水深没脚脖子。她口边淌着水送我。火车快开了。她说：‘咱们别去了！咱们不挣那份钱！’那回她是这么说来着。一样！清清楚楚，说话的声音，神气！快了，我们就要见面了。”

小冯说：“你是一个人在家里闷的，胡思乱想！身体再好些，外边走走，找找熟人，聊聊！”

“我原说我走在她头里，没想到她倒走在我头里。一辈子的夫妻，没红过脸。现在我要换衣服，得自己找了。——我女儿她们不知道在哪儿。这是怎么话说的，就那么走了！”

又喝了两杯酒，他说，像是问我们，又像是自言自语：“我这也是一辈子。我算个什么人呢？”

小冯调到戏校管人事，她和戏校的石校长说：“云致秋为什么老让他闲着？他还能发挥作用。咱们还缺教员，是不是把他调过来？”

石校长一听，立刻同意：“这个人很有用！他们不要，我们要！你就去办这件事！”

小冯找到致秋，致秋欣然同意。他说：“过了冬天，等我身体好一点，不太喘了，就去上班。”

我因事到南方去转了一圈，回来时，听小梁说：“云致秋死了。”

“什么病？”

“他的病多了！前一阵他觉得身体好了些，想到戏校上班。别人劝他再休息休息。他弄了一台录音机，对着录音机说戏，想拿到戏校给学生先听着。接连说了五天，第六天，不行了。家里没有人。邻居老关发现了，赶紧叫了几个人，弄了一辆车，把他送到医院，到了医院，已经没有脉了。他在车上人还清楚，还说了一句话：‘给我一条手绢’车上人很急乱，他的声音很小，谁也没注意，只老关听见了。”

这时候，他要一条手绢干什么？“给我一条手绢”是他最后说的一句话，但是这大概不能算是“遗言”。

要给致秋开追悼会。我们几个人算是他的老战友了，大家都说：“去，一定去！别人的追悼会可以不去，致秋的追悼会一定得去！”

我们商量着要给致秋送一副挽联。我想了想，拟了两句。小梁到荣宝斋买了两张云南宣，粘接好了，我试了试笔，就写起来：

跟着谁，傍着谁，立志甘当二路角；会几出，教几出，课徒不受一杯茶。

大家看了，都说："贴切"。

论演员，不过是二路；论职务，只是办公室副主任和戏校教员，我们知道，致秋的追悼会的规格是不会高的，——追悼会也讲规格，真是叫人丧气！但是没有想到会是这样凄惨。来的人很少。一个小礼堂，稀稀落落地站了不满半堂人。戏曲界的名人，致秋的"生前好友"、甚至他教过的学生，很多都没有来。来的都是剧团的一些老熟人：贾世荣、马四喜、赵旺……花圈倒不少，把两边墙壁都摆满了。这是向火葬场一总租来的。落款的人名好些是操办追悼会的人自作主张地写上去的，本人都未必知道。挽联却只有我们送的一副，孤零零的，看起来颇有点嘲笑的味道。石校长致悼词。上面供着致秋的遗像。致秋大概第一次把照片放得这样大。小冯入神地看着致秋的像，轻轻地说："致秋这张像拍得很像。"小梁点点头："很像！"

我们到后面去向致秋的遗体告别。我参加追悼会，向来不向遗体告别，这次是破例。致秋和生前一样，只是好像瘦小了些。头发发干了，干得像草。脸上很平静。一个平日爱跟致秋逗的演员对着致秋的脸端详了很久，好像在想什么。他在想什么呢？该不会是想：你再也不能把眉毛眼睛鼻子纵在一起了吧？

天很晴朗。

我坐在回去的汽车里，听见一个演员说了一句什么笑话，车里一半人都笑了起来。我不禁想起陶渊明的《拟挽歌辞》：“向来相送人，各自还其家。亲戚或余悲，他人亦已歌。”不过，在云致秋的追悼会后说说笑话，似乎是无可非议的，甚至是很自然的。

致秋死后，偶尔还有人谈起他：“致秋人不错。”

“致秋教戏有瘾。他也会教，说的都是地方，能说到点子上。——他会得多，见得也多。”

最近剧团要到香港演出，还有人念叨：“这会要是有云致秋这样一个又懂业务，又能做保卫工作的党员，就好了！”

一个人死了，还会有人想起他，就算不错。

一九八三年七月二日写完，为纪念一位亡友而作。

（这是小说，不是报告文学。文中所写，并不都是真事。）

郝有才趣事

郝有才一辈子没有什么露脸的事。也没有多少现眼的事。他是个极其普通的人，没有什么特点。要说特点，那就是他过日子特别仔细，爱打个小算盘。话说回来了，一个人过日子仔细一点，爱打个小算盘，这碍着别人什么了？为什么有些人总爱拿他的一些小事当笑话说呢？

他是三分队的。三分队是舞台工作队。一分队是演员队，二分队是乐队。管箱的，——大衣箱、二衣箱、旗包箱，梳头的，检场的……这都归三分队。郝有才没有坐过科，拜过师，是个“外行”，什么都不会，他只会装车、卸车、搬布景、挂吊杆，干一点杂活。这些活，看看就会，没有三天力巴。三分队的都是“苦哈哈”，他们的工资都比较低。不像演员里的“好角”，一月能拿二百多、三百。也不像乐队里的名琴师、打鼓佬，一月也能拿一百八九。他们每月都只有几十块钱。“开支”的时候，工资袋里薄薄的一叠，数起来很省事。他们的家累也都比较重，孩子多。

因此，三分队的过日子都比较俭省，郝有才是其尤甚者。

他们家的饭食很简单。不过能够吃饱。一年难得吃几次鱼，都是带鱼，熬一大盆，一家子吃一顿。他们家的孩子没有吃过虾。至于螃蟹，更不知道是什么滋味了。中午饭有什么吃什么，窝头、贴饼子、烙饼、馒头、米饭。有时也蒸几屉包子，菠菜馅的、韭菜馅的、茴香馅的，肉少菜多。这样可以变变花样，也省粮食。晚饭一般是吃面。炸酱面、麻酱面。茄子便宜的时候，茄子打卤。扁豆老了的时候，焖扁豆面，——扁豆闷熟了，把面往锅里一下，一翻个儿，得！吃面浇什么，不论，但是必须得有蒜。“吃面不就蒜，好比杀人不见血！”他吃的蒜也都是紫皮大瓣。“青皮萝卜紫皮蒜，抬头的老婆低头的汉，这是上讲的！”他的蒜都是很磁棒，很鼓立的，一头是一头，上得了画，能拿到展览会上去展览。每一头都是他精心挑选过，挨着个儿用手捏过的。

不但是蒜，他们家吃的菜也都是经他精心挑选的。他每天中午、晚饷下班，顺便买菜。从剧团到他们家共有七家菜摊，经过每一个菜摊，他都要下车——他骑车，问问价，看看菜的成色。七家都考察完了，然后决定买哪一家的，再骑车返回去选购。卖菜的约完了，他都要再复一次秤，——他的自行车后架上随时带着一杆小秤。他买菜回来，邻居见了他买的菜都羡慕："你瞧有才买的这菜，又水灵，又便宜！"郝有才翩腿下车，说："货比三家不吃亏，——您得挑！"

郝有才干了一件稀罕事。他对他们家附近的烧饼、焦圈作了一次周密的调查研究。他早点爱吃个芝麻烧饼夹焦圈。他家在西河沿。他曾骑车西至牛街，东至珠市口，把这段路上每家卖烧饼、焦圈的铺子都走遍，每一家买两个烧饼、两个焦圈，回家用戥子一一约过。经过细品，得出结论：以陕西巷口大庆和的质量最高。烧饼分量足，焦圈炸得透。他把这结论公之于众，并买了几套大庆和的烧饼焦圈，请大家品尝。大家嚼食之后，一致同意他的结论。于是纷纷托他代买。他也乐于跑这个小腿。好在西河沿离陕西巷不远，骑车十分钟就到了。他的这一番调查给大家留下深刻印象，因为别人都没有想到。

剧团外出，他不吃团里的食堂。每次都是烙了几十张烙饼，用包袱皮一包，带着。另外带了好些卤虾酱、韭菜花、臭豆腐、青椒糊、豆儿酱、芥菜疙瘩、小酱萝卜，瓶瓶罐罐，丁零当啷。他就用这些小菜就干烙饼。一到烙饼吃完，他就想家了，想北京，想北京的“吃儿”。他说，在北京，哪怕就是虾米皮熬白菜，也比外地的香。“为什么呢？因为，——五味神在北京！”“五味神”是什么神？至今尚未有人考证过，不见于载籍。他抽烟，抽烟袋，关东。他对于烟叶，要算个行家。什么黑龙江的亚布利、吉林的交河烟、易县小叶及至云南烤烟，他只要看看，捏一撮闻闻，准能说出个子午卯酉。不过他一般不上烟铺买烟，他溜烟摊。这摊上的烟叶子厚不厚，口劲强不强，是不是“灰白火亮”，他老远地一眼就能瞧出来。买烟的耍的“手彩”别想瞒过他。什么“插翎儿”“洒药”，全都逃不过他的眼睛。“几捆烟摆在地下，你一瞧，色气好，叶儿挺厚实，拐子不多，不赖！买烟的打一捆里，噌——抽出了一根：‘尝尝！尝尝！’你揉一揉往烟袋里一摁，点火，抽！真不赖，‘满口烟’喷香！其实他这几捆里就这一根是好的，是插进去的，——卖烟的知道。你再抽抽别的叶子，不是这个味儿了！——这为‘插翎’。要说，这个‘侃儿’起得挺有个意思，烟叶可不有点像鸟的翎毛么？还有一种，归‘洒药’。地下一堆碎烟叶。你来了，卖烟的抢过你的烟袋：‘来一袋，尝尝！试试！’给你装了一袋，一抽：真好！其实这一袋，是他一转身的那工夫，从怀里掏出来给你装上的，——这是好烟。你就买吧！买了一包，地下的，一抽，咳！——屁烟！——‘酒药’！”

他爱喝一口酒。不多，最多二两。他在家不喝。家里不预备酒，免得老想喝。在小铺里喝。不就菜，抽关东烟就酒。这有个名目，叫作“云彩酒”。

他爱逛寄卖行。他家大人孩子们的鞋、袜、手套、帽子，都是处理品。剧团外出，他爱逛商店，遛地摊，买“俏货”。他买的俏货都不是什么贵重东西。凉席、雨伞、马莲根的炊帚、铁丝罩篱……他买俏货，也有吃亏上当的时候。有一次，他从汉口买了一套套盆，——绿釉的陶盆，一个套着一个，一套五个，外面最大的可以洗被窝，里面最小的可以和面。他就像收藏家买了一张唐伯虎的画似的，高兴得不得了。费了半天劲，才把这套宝贝弄上车。不想到了北京，出了前门火车站，对面一家山货店里就有，东西和他买的一样，价钱比汉口便宜。他一气之下，恨不能把这套套盆摔碎了。——当然没有，他还是咬着嘴唇把这几十斤重的东西背回去了。“郝有才千里买套盆”落下一个“唱”，供剧团的很多人说笑了个把月。

说话，到了“文化大革命”。“文化大革命”乍一起来的时候，郝有才也蒙了。这是怎么回事呢？昨天还是书记、团长，三叔、二大爷，一宵的工夫，都成了走资派、“三名三高”。大字报铺天盖地。小伙子们都像“上了法”，一个个杀气腾腾，瞧着都瘆得慌。大家都学会了嚷嚷。平日言迟语拙的人，忽然都长了口才，说起话一套一套的。郝有才心想：这算哪一出呢？渐渐地他心里踏实了。他知道“革命”革不到他头上。他头一回知道：三分队的都是红五类——工人阶级。各战斗组都拉他们。三分队的队员顿时身价十倍。有的人趾高气扬，走进走出都把头抬得很高。他们原来是人下人，现在翻身了！也有老实巴交的，还跟原来一样，每天上班，抽烟喝水，低头听会。郝有才基本上属于后一类。他也参加大批判，大辩论，跟着喊口号，叫“打倒”，但是他没有动手打过人，往谁脸上啐过唾沫，给谁嘴里抹过糨糊。他心里想：干吗呀，有朝一日，还要见面。只有一件事少不了他。造反派上谁家抄家时总得叫上他，让他蹬平板三轮，去拉抄出来的“四旧”。他翻翻抄出来的东西，不免生一点感慨：真有好东西呀！

没多久，派来了军、工宣队，搞大联合，成立了革命委员会。

又没多久，这个团被指定为样板团。

样板团有什么好处？——好处多了！

样板团吃样板饭。炊事班每天变着样给大伙做好吃的。番茄焖牛肉、香酥鸡、糖醋鱼、包饺子、炸油饼……郝有才觉得天天过年。肚子里油水足，他胖了。

样板团发样板服。每年两套的确良制服，一套深灰，一套浅灰。穿得仔细一点，一年可以不用添置衣裳。——三分队还有工作服。到了冬天，还发一件棉军大衣。领大衣时，郝有才闹了一点小笑话。

棉大衣共有三个号：一号、二号、三号——大、中、小。一般身材，穿二号。矮小一点的，三号就行了。能穿一号的，全团没有几个。三分队的队长拿了一张表格，叫大家报自己的大衣号，好汇总了报上去。到了郝有才，他要求登记一件一号的。队长愣了："你多高？"——"一米六二。"——"那你要一号的？你穿三号的！——你穿上一号的像什么样子，那不成了道袍啦？"——"一号的，一号的！您给我登一件一号的！劳您驾！劳您驾！"队长纳了闷了，问他："你这是什么意思？"他说了实话："我拿回去，改改。下摆铰下来，能缝一副手套。"——"呸！什么人呐！全团有你这样的吗？领一件大衣，还饶一副手套！亏你想得出来！"队长把这事汇报了上去，军代表把他叫去训了一通。到底还是给他登记了一件三号的。

郝有才干了一件不大露脸的事，拿了人家五个羊蹄。

他到一家回民食堂挑了五个羊蹄，趁着人多，售货员没注意，拿了就走，——没给钱。不想售货员早注意上他了，一把拽住："你给钱了吗？"——"给啦？"——"给了多少？我还没约呐，你就给了钱啦？"——"我现在给！"——"现在给？——晚啦！"旁边围了一圈人，都说："真不像话！""还是样板团的哪！（他穿着样板服哪）。售货员非把他拉到公安局去不可。公安局的人一看，就五个羊蹄，事不大，就说："你写个检查吧！"——"写不了！我不认字。"公安局给剧团打了个电话，让剧团把他领回去。军、工宣队研究了一下，觉得问题不大，影响不好，决定开一个小会，在队里批评批评他。

会上发言很热烈，每个人都说了。有人念了好几段毛主席语录。有一位能看"三国列国"的管箱的师傅掏出一本《雷锋日记》，念了好几篇，说："您瞧人家雷锋，风格多高。你瞧你，什么风格！——你简直的没有格！你好好找找差距吧！拿人家五个羊蹄，五个羊蹄，能值多少钱！你这么大的人了！小孩子也干不出这种事来！哎哟哎哟，你叫我说你什么好噢！我都替你寒碜。"军代表参加了这次会，看大家发言差不多了，就说："郝有才，你也说说。"

"说说。我这叫'爱小'，贪小便宜。贪小便宜吃大亏呀！我怎么会贪小便宜？我打小就穷。我爸死得早，我妈是换取灯的……”

军代表不知道什么是“换取灯的”，旁边有人给他解释半天，军代表明白了，“哦。”

“我打小什么都干过。拣煤核，打执事……”

什么是打执事，军代表也不懂，又得给他解释半天。“哦。”

“后来，我拉排子车，——拉小绊，我力气小，驾不了辕，只能拉小绊。”

“有一回，大夏天，我发了痧，死过去了。也不知是哪位好心的，把我搭在前门门洞里。我醒过来了，瞅着瓮券上的城砖：‘我这是在哪儿呐？’……”

三分队的出身都比较苦，类似的经历，他们也都有过，听了心里都有点难受，有人眼圈都红了。

“后来，我拉了两年洋车。”

“后来，给陈 ×× 拉包月。”陈 ×× 是个名演员，唱老生的。“拉包月，倒不累。除了拉大爷上馆子——”

“上馆子？陈 ×× 爱吃馆子？”军代表不明白。

又得给他解释：“上馆子就是上剧场。”

“除了拉大爷上馆子，就是拉大奶奶上东安市场买买东西。”

军代表听到“大爷”“大奶奶”，觉得很不舒服，就打断了他：“不要说‘大爷’‘大奶奶’。”

“对！他是老板，我是拉车的。我跟他是两路人。除了……咳，陈××爱吃红菜汤，他老让我到大地餐厅去给他端红菜汤。放在车上给他拉回来。我拉车、拉人，还拉红菜汤，你说这叫什么事！”

军代表听着，不知道他要说到哪里去，就又打断了他：“不要扯得太远，不要离题，说说你对自己的错误的认识。”“对，说认识。我这就要回到本题上来了。好容易，解放了，我参加了剧团。剧团改国营，我每月有了准收入，冻不着，饿不死了。这都亏了共产党呀！——中国共产党万岁！”

他抽不冷子来了这么一句，大伙不能不举起手来跟着他喊：“中国共产党万岁！”

“这以后，剧团归为样板团，咱们是一步登天哪！‘板儿饭’‘板儿服’，真是没的说！可我居然干出这种丢人现眼的事，我给样板团抹了黑。我对得起谁？你们说，我对得起谁？嗯？……”

他问得理直气壮，简直有点咄咄逼人。

军代表觉得他再也说不出什么了，就做了简短的结论：“郝有才同志的检查不够深刻。不过态度还是好的，也有沉痛感，一个人犯了错误，不要紧，只要改正了就好。对于犯错误的同志，我们不应该歧视他，轻视他，而是要热情地帮助他。”接着又说：“对于任何人，都要一分为二。比如郝有才同志，他有缺点，爱打个小算盘。他也有优点嘛！比如，他每天给大家打开水，这就是优点。这也是为人民服务嘛！希望他今后能发扬优点，克服缺点，做一名无愧于样板团称号的文艺战士！”

会就开到了这里。

过了没多久，郝有才可干了一件十分露脸的事。他早起上班打开水，上楼梯的时候绊了一下，暖壶碰在栏杆上，“砰！”把一个暖壶胆瓶了。暖壶胆瓶了，照例是可以拿到总务科去领一个的。郝有才不知怎么一想，他没去总务科去领，自己掏钱，到菜市口配了一个。——而且没有告诉任何人。不过人们还是知道了，大家传开了：“有才这回干了一件漂亮事！”——“他这样的人，干出这样的事，尤其难得！”见了他，都说：“有才！好样儿的！”——“有才！你这进步可是不小哇！——我简直都不敢相信。”郝有才觉得美不滋儿的。

军、工宣队知道了，也都认为这是他们的思想工作的成果。事情不大，意义不小，于是决定让他在全团大会上作一次讲用。

要他讲用，可是有点困难。他不认字，不能写讲稿。让别人替他写讲稿也不成，他念不下来，只好凭他用口讲。军代表把他叫去，启发了半天，让他讲讲自己的活思想，——当时是怎么想的，怎样让公字占领了自己的思想。克服了私心，最好能引用两段毛主席语录。军代表心想，他虽不识字，可是大家整天念语录，他听也应该听会几段了。

那天讲用一共三个人。前面两个，都讲得不错，博得全场掌声。第三个是郝有才。郝有才上了台，向毛主席像行了一个礼，然后转过身来，大声地说："毛主席教导我们说：瓶了就瓶了！"

大家先是一愣，接着都忍不住哈哈大笑起来。主持会议的军代表原来还绷着，终于憋不住，随着大家一同哈哈大笑。他一边大笑，一边挥手："散会！"

虐　猫

李小斌、顾小勤、张小涌、徐小进都住在九号楼七门。他们从小一块长大，在一个幼儿园，又读一个小学，都是三年级。李小斌的爸爸是走资派。顾小勤、张小涌、徐小进家里大人都是造反派。顾小勤、张小涌、徐小进不管这些，还是跟李小斌一块玩。

没有人管他们了，他们就瞎玩。捞蛤蟆骨朵，粘知了。砸学校的窗户玻璃，用弹弓打老师的后脑勺。看大辩论，看武斗，看斗走资派，看走资派戴高帽子游街。李小斌的爸爸游街，他们也跟着看了好长一段路。

后来，他们玩猫。他们玩过很多猫：黑猫、白猫、狸猫、狮子玳瑁猫（身上有黄白黑三种颜色）、乌云盖雪（黑背白肚）、铁棒打三桃（白身子，黑尾巴，脑袋顶上有三块黑）……李小斌的姥姥从前爱养猫。这些猫的名堂是姥姥告诉他的。

他们捉住一只猫，玩死了拉倒。

李小斌起初不同意他们把猫弄死。他说：一只猫，七条命，姥姥告诉他的。

“去你一边去！什么‘一只猫七条命’！一个人才一条命！”

后来李小斌也不反对了，跟他们一块到处逮猫，一块玩。他们把猫的胡子剪了。猫就不停地打喷嚏。

他们给猫尾巴上拴一挂鞭炮，点着了。猫就没命地乱跑。

他们想出了一种很新鲜的玩法：找了四个药瓶子的盖，用乳胶把猫爪子粘在瓶盖子里。猫一走，一滑；一走，一滑。猫难受，他们高兴极了。

后来，他们想出了一种很简单的玩法：把猫从六楼的阳台上扔下来。猫在空中惨叫。他们拍手，大笑。猫摔到地下，死了。

他们又抓住一只大花猫，用绳子拴着往家里拖。他们又要从六楼扔猫了。

出了什么事？九楼七门前面围了一圈人：李小斌的爸爸从六楼上跳下来了。

来了一辆救护车，把李小斌的爸爸拉走了。

李小斌、顾小勤、张小涌、徐小进没有把大花猫从六楼上往下扔，他们把猫放了。

八月骄阳

张百顺年轻时拉过洋车，后来卖了多年烤白薯。德胜门豁口内外没有吃过张百顺的烤白薯的人不多。后来取缔了小商小贩，许多做小买卖的都改了行，张百顺托人谋了个事由儿，到太平湖公园来看门。一晃，十来年了。

太平湖公园应名儿也叫作公园，实在什么都没有。既没有亭台楼阁，也没有游船茶座，就是一片野水，好些大柳树。前湖有几张长椅子，后湖都是荒草。灰菜、马苋菜都长得很肥。牵牛花，野茉莉。飞着好些粉蝶儿，还有北京人叫作“老道”的黄蝴蝶。一到晚不晌，往后湖一走，都瘆得慌。平常是不大有人去的。孩子们来掏蛐蛐。遛鸟的爱来，给画眉抓点活食：油葫芦、蚂蚱，还有一种叫作“马蜥儿”的小四脚蛇。看门，看什么呢？这个公园不卖门票。谁来，啥时候来，都行。除非怕有人把柳树锯倒了扛回去。不过这种事还从来没有发生过。因此张百顺非常闲在。他没事时就到湖里捞点鱼虫、苲草，卖给养鱼的主。进项不大。但是够他抽关东烟的。“文化大革命”一起来，很多养鱼的都把鱼“处理”了，鱼虫、苲草没人买，他就到湖边摸点螺蛳，淘洗干净了，加点盐，搁两个大料瓣，煮咸螺蛳卖。

后湖边上住着两户打鱼的。他们这打鱼，真是三天打鱼，两天晒网，有一搭无一搭。打得的鱼随时就在湖边卖了。

每天到园子里来遛早的，都是熟人，他们进园子，都有准钟点。

来得最早的是刘宝利。他是个唱戏的。坐科学的是武生。因为个头矮点，扮相也欠英俊，缺少大将风度，来不了“当间儿的”。不过他会的多，给好几位名角打个“下串”，“傍”得挺严实。他粗通文字，爱抄本儿。他家里有两箱子本子，其中不少是已经失传了的。他还爱收藏剧照，有的很名贵。杨老板《青石山》的关平、尚和玉的《四平山》、路玉珊的《醉酒》、梅兰芳的《红线盗盒》、金少山的《李七长亭》、余叔岩的《盗宗卷》……有人出过高价，想买他的本子和剧照，他回绝了："对不起，我留着殉葬。"剧团演开了革命现代戏，台上没有他的活儿，领导上动员他提前退休，——他还不到退休年龄。他一想：早退，晚退，早晚得退，退！退了休，他买了两只画眉，每天天一亮就到太平湖遛鸟。他戏瘾还挺大。把鸟笼子挂了，还拉拉山膀，起两个云手，踢踢腿，耗耗腿。有时还念念戏词。他老念的是《挑滑车》的《闹帐》：

"且慢！"

"高王爷为何阻令？"

"末将有一事不明，愿在元帅台前领教。"

"高王爷有话请讲，何言领教二字。"

"岳元帅！想俺高宠，既已将身许国，理当报效皇家。今逢大敌，满营将官，俱有差遣，单单把俺高宠，一字不提，是何理也？"

……

"吓、吓、吓吓吓吓……岳元帅！大丈夫临阵交锋，不死而带伤，生而何欢，死而何惧！"

跟他差不多时候进园子遛弯的顾止庵曾经劝过他："爷们！您这戏词，可不要再念了哇！"

"怎么啦？"

"如今晚儿演了革命现代戏，您念老戏词——韵白！

再说，您这不是借题发挥吗？‘满营将官，俱有差遣，单单把俺高宠，一字不提，是何理也？’这是什么意思？这不是说台上不用您，把你涮了吗？这要有人听出来，您这是‘对党不满’呀！这是什么时候啊，爷们！”

“这么一大早，不是没人听见吗！”

“隔墙有耳！——小心无大错。”

顾止庵，八十岁了。花白胡须，精神很好。他早年在豁口外设帐授徒，——教私塾。后来学生都改了上学堂了，他的私塾停了，他就给人抄书，抄稿子。他的字写得不错，欧底赵面。抄书、抄稿子有点委屈了这笔字。后来找他抄书、抄稿子的也少了，他就在邮局门外树荫底下摆了一张小桌，代写家信。新中国成立后，又添了一项业务：代写检讨。“老爷子，求您代写一份检讨。”——“写检讨？这检讨还能由别人代写呀？”——“劳您驾！我写不了。您写完了。我按个手印，一样！”——“什么事儿？”因为他的检讨写得清楚，也深刻，比较容易通过，来求的越来越多，业务挺兴旺。后来他的孩子都成家立业，混得不错，就跟老爷子说：“我们几个养活得起您。您一支笔挣了不少杂和面儿，该清闲几年了。”顾止庵于是搁了笔。每天就是遛遛弯儿，找几个年岁跟他相仿佛的老友一块堆儿坐坐、聊聊、下下棋。他爱瞧报，——站在阅报栏前一句一句地瞧。早晚听“匣子”。

因此他知道的事多，成了豁口内外的“伏地圣人”。

这天他进了太平湖，刘宝利已经练了一遍功，正把一条腿压在树上耗着。

“老爷子今儿早！”

“宝利！今儿好像没听您念《闹帐》？”

“不能再念啦！”

“怎么啦？”

“待会儿跟您说。”

顾止庵向四边的树上看看：“您的鸟呢？”

“放啦！”

“放啦？”

“您先慢慢往外遛达着。今儿我带着一包高末。百顺大哥那儿有开水，叶子已经闷上了。我耗耗腿。一会儿就来。咱们爷儿仨喝一壶，聊聊。”

顾止庵遛到门口，张百顺正在湖边淘洗螺蛳。

“顾先生！椅子上坐。茶正好出味儿了，来一碗。”“来一碗！”

“顾先生，您说这‘文化大革命’，它是怎么一回子事？”“您问我？——有人知道。”

“这红卫兵，它是怎么回子事。呼啦——全起来了。

它也不用登记，不用批准，也没有个手续，自己个儿就拉起来了。我真没见过。一戴上红袖箍，就变人性。想怎么着就怎么着，想揪谁就揪谁。他们怎么有这么大的权？谁给他们的权？”“头几天，八·一八，不是刚刚接见了吗？”

“当大官的，原来都是坐小汽车的主，都挺威风，一个一个全都头朝了下了。您说，他们心里是怎么想的？”“他们怎么想，我哪儿知道。反正这心里不大那么好受。”

“还有个章程没有？我可是当了一辈子安善良民，从来奉公守法。这会儿，全乱了。我这眼面前就跟‘下黄土’似的，简直的，分不清东西南北了。”

“您多余操这份儿心。粮店还卖不卖棒子面？”

“卖！”

“还是的。有棒子面就行。咱们都不在单位，都这岁数了。咱们不会去揪谁，斗谁，红卫兵大概也斗不到咱们头上。过一天，算一日。这太平湖眼下不还挺太平不是？”

“那是！那是！”

刘宝利来了。

“宝利，您说要告诉我什么事？”

“昨儿，我可瞧了一场热闹！”

“什么热闹？”

“烧行头。我到交道口一个师哥家串门子，听说成贤街孔庙要烧行头——烧戏装。我跟师哥说：咱们去！嗬！殉一座小山哪！大红官衣、青褶子，这没什么．帅盔‘八面威’‘相貂’‘驸马套’……这也没有什么！大蟒大靠，苏绣平金，都是新的，太可惜了！点翠‘头面’，水钻‘头面’，这值多少钱哪！一把火，全烧啦！火苗儿蹿起老高。烧煳了的碎绸子片飞得哪儿哪儿都是。”

“唉！”

“火边上还围了一圈人，都是文艺界的头头脑脑。有跪着的，有撅着的。有的挂着牌子，有的脊背贴了一张大纸，写着字。都是满头大汗。您想想：这么热的天，又烤着大火，能不出汗吗？一群红卫兵，攥着宽皮带，挨着个抽他们。劈头盖脸！有的，一皮带下去，登时，脑袋就开了，血就下来了。——皮带上带着大铜头子哪！哎呀，我长这么大，没见过这么打人的。哪能这么打呢？您要我这么打，我还真不会！这帮孩子，从哪儿学来的呢？有的还是小妞儿。他们怎么能下得去这么狠的手呢？”

“唉！”

“回来，我一琢磨，把两箱子剧本、剧照，捆巴捆巴，借了一辆平板三轮，我就都送到街道办事处去了。他们爱怎么处理怎么处理，我不能自己烧。留着，招事！”

“唉！”

“那两只画眉，‘口’多全！今儿一早起来，我也放了。——开笼放鸟！‘提笼架鸟’，这也是个事儿！”

“唉！”

这工夫，园门口进来一个人。六十七八岁，戴着眼镜，一身干干净净的藏青制服，礼服呢千层底布鞋，拄着一根角把棕竹手杖，一看是个有身份的人。这人见了顾止庵，略略点了点头，往后面走去了。这人眼神有点直勾勾地，脸上气色也不大好。不过这年头，两眼发直的人多的是。这人走到靠近后湖的一张长椅旁边，坐下来，望着湖水。

顾止庵说：“茶也喝透了，咱们也该散了。”

张百顺说：“我把这点螺蛳送回去，叫他们煮煮。回见！”“回见！”

“回见！”

张百顺把螺蛳送回家。回来，那个人还在长椅上坐着，望着湖水。

柳树上知了叫得非常欢实。天越热，它们叫得越欢。赛着叫。整个太平湖全归了它们了。

张百顺回家吃了中午饭。回来，那个人还在椅子上坐着，望着湖水。

粉蝶儿、黄蝴蝶乱飞。忽上，忽下。忽起，忽落。黄蝴蝶，白蝴蝶。白蝴蝶，黄蝴蝶……天黑了。张百顺要回家了。那人还在椅子上坐着，望着湖水。

蛐蛐、油葫芦叫成一片。还有金铃子。野茉莉散发着一阵一阵的清香。一条大鱼跃出了水面，嗖的一声，又没到水里。星星出来了。

第二天天一亮，刘宝利到太平湖练功。走到后湖：湖里一团黑乎乎的，什么？哟，是个人！这是他的后脑勺！有人投湖啦！

刘宝利叫了两个打鱼的人，把尸首捞了上来，放在湖边草地上。这工夫，顾止庵也来了。张百顺也赶了过来。

顾止庵对打鱼的说："您二位到派出所报案。我们仨在这儿看着。"

"您受累！"

顾止庵四下里看看，说："这人想死的心是下铁了的。要不，怎么会找到这么个荒凉偏僻的地方来呢？他投湖的时候，神智很清醒，不是迷迷糊糊一头扎下去的。你们看，他的上衣还整整齐齐地搭在椅背上，手杖也好好地靠在一边。咱们掏掏他的兜儿，看看有什么，好知道死者是谁呀。”

顾止庵从死者的上衣兜里掏出一个工作证，是北京市文联发的。

姓名：舒舍予

职务：主席

顾止庵看看工作证上的相片，又看看死者的脸，拍了拍工作证。

“这人，我认得！”

“您认得？”

“怪不得昨儿他进园子的时候，好像跟我招呼了一下。他原先叫舒庆春。这话有小五十年了！那会儿我教私塾，他是劝学员，正管着德胜门这一片的私塾。他住在华严寺。我还上他那儿聊过几次。人挺好，有学问！他对德胜门这一带挺熟，知道太平湖这么个地方！您怎么会走南闯北，又转回来啦？这可真是：树高千丈，叶落归根哪！”

“您等等！他到底是谁呀？”

“他后来出了大名，是个作家，他，就是老舍呀！”张百顺问：“老舍是谁？”

刘宝利说：“老舍您都不知道？瞧过《骆驼祥子》没有？”

“匣子里听过。好！是写拉洋车的。祥子，我认识。——‘骆驼祥子’嘛！”

“您认识？不能吧！这是把好些拉洋车的搁一块堆儿，搏巴搏巴，捏出来的。”

“唔！不对！祥子，拉车的谁不知道！他和虎妞结婚，我还随了份子。”

“您八成是做梦了吧？”

“做梦？——许是。岁数大了，真事、梦景，常往一块掺和。——他还写过什么？”

“《龙须沟》哇！”

“《龙须沟》，瞧过，瞧过！电影！程疯子、娘子、二妞……这不是金鱼池，这就是咱这德胜门豁口！太真了！太真了，就叫人掉泪。”

“您还没瞧过《茶馆》哪！太棒了！王利发！‘硬硬朗朗的，我硬硬朗朗地干什么？’我心里这酸呀！”

“合着这位老舍他净写卖力气的、耍手艺的、做小买卖的。苦哈哈、命穷人？”

“那没错！”

“那他是个好人！”

“没错！”

刘宝利说：“这么个人，我看他本心是想说共产党好啊！”“没错！”

刘宝利看着死者："我认出来了！在孔庙挨打的，就有他！您瞧，脑袋上还有伤，身上净是血嘎巴！——我真不明白。这么个人，旧社会能容得他，怎么咱这新社会倒容不得他呢？"

顾止庵说："'我本将心向明月，谁知明月照沟渠'，这大概就是他想不通的地方。"

张百顺撅了两根柳条，在老舍的脸上摇晃着，怕有苍蝇。

"他从昨儿早起就坐在这张椅子上，心里来回来去，不知道想了多少事哪！"

"'千古艰难唯一死'呀！"

张百顺问："这市文联主席够个什么爵位？"

"要在前清，这相当个翰林院大学士。"

"那干吗要走了这条路呢？忍过一阵肚子疼！这秋老虎虽毒，它不也有凉快的时候不？"

顾止庵环顾左右，沉沉地叹了一口气："'士可杀，而不可辱'啊！"

刘宝利说："我去找张席，给他盖上点儿！"

一九八六年六月二十三日二稿

载一九八六年第九期《人民文学》

安乐居

安乐居是一家小饭馆，挨着安乐林。

安乐林围墙上开了个月亮门，门头砖额上刻着三个经石峪体的大字，像那么回事。走进去，只有巴掌大的一块地方，有几十棵杨树。当中种了两棵丁香花，一棵白丁香，一棵紫丁香，这就是仅有的观赏植物了。这个林是没有什么逛头的，在林子里走一圈，五分钟就够了。附近一带养鸟的爱到这里来挂鸟。他们养的都是小鸟，红子居多，也有黄雀。大个的鸟，画眉、百灵是极少的。他们不像那些以养鸟为生活中第一大事的行家，照他们的说法是“瞎玩儿”。他们不养大鸟，觉得那太费事，“是它玩我，还是我玩它呀？”把鸟一挂，他们就蹲在地下说话儿，——也有自己带个马扎儿来坐着的。

这么一片小树林子，名声却不小，附近几条胡同都是依此命名。安乐林头条、安乐林二条……这个小饭馆叫作安乐居，挺合适。

安乐居不卖米饭炒菜。主食是包子、花卷。每天卖得不少，一半是附近的居民买回去的。这家饭馆其实叫个小酒铺更合适些。到这儿来的喝酒比吃饭的多。这家的酒只有一毛三分一两的。北京人喝酒，大致可以分为几个层次：喝一毛三的是一个层次，喝二锅头的是一个层次，喝红粮大曲、华灯大曲乃至衡水老白干的是一个层次，喝八大名酒是高层次，喝茅台的是最高层次。安乐居的“酒座”大都是属于一毛三层次，即最低层次的。他们有时也喝二锅头，但对二锅头颇有意见，觉得还不如一毛三的。一毛三他们喝“服”了，觉得喝起来“顺”。他们有人甚至觉得大曲的味道不能容忍。安乐居天热的时候也卖散啤酒。

酒菜不少。煮花生豆、炸花生豆。暴腌鸡子。拌粉皮。猪头肉，——单要耳朵也成，都是熟人了！猪蹄，偶有猪尾巴，一忽的工夫就卖完了。也有时卖烧鸡、酱鸭，切块。最受欢迎的是兔头。一个酱兔头，三四毛钱，至大也就是五毛多钱，喝二两酒，够了。——这还是一年多以前的事，现在如果还有兔头也该涨价了。这些酒客们吃兔头是有一定章法的，先掰哪儿，后掰哪儿，最后磕开脑绷骨，把兔脑掏出来吃掉。没有抓起来乱啃的，吃得非常干净，连一丝肉都不剩。安乐居每年卖出的兔头真不老少。这个小饭馆大可另挂一块招牌："兔头酒家"。酒客进门，都有准时候。

头一个进来的总是老吕。安乐居十点半开门。一开门，老吕就进来。他总是坐在靠窗户一张桌子的东头的座位。一年三百六十五天，天天如此。这成了他的专座。他不是像一般人似的"垂足而坐"，而是一条腿盘着，一条腿曲着，像老太太坐炕似的踞坐在一张方凳上，——脱了鞋。他不喝安乐居的一毛三，总是自己带了酒来，用一个扁长的瓶子，一瓶子装三两。酒杯也是自备的。他是喝慢酒的，三两酒从十点半一直喝到十二点差一刻："我喝不来急酒。有人结婚，他们闹酒，我就一口也不喝，——回家自己再喝！"一边喝酒，吃兔头，一边不住地抽关东烟。他的烟袋如果丢了，有人捡到一定会送还给他的。谁都认得：这是老吕的。白铜锅儿，白铜嘴儿，紫铜杆儿。他抽烟也抽得慢条斯理的，从不大口猛吸。这人整个儿是个慢性子。说话也慢。他也爱说话，但是他说一个什么事都只是客观地叙述，不大参加自己的意见，不动感情。

一块喝酒的买了兔头，常要发一点感慨：“那会儿，兔头，五分钱一个，还带俩耳朵！”老吕说：“那是多会儿？——说那个，没用！有兔头，就不错。”西头有一家姓屠的，一家子都很浑愣，爱打架。屠老头儿到永春饭馆去喝酒，和服务员吵起来了，伸手就揪人家脖领子。服务员一胳臂把他搡开了。他憋了一肚子气。回去跟儿子一说。他儿子二话没说，捡了块砖头，到了永春，一砖头就把服务员脑袋开了！结果：儿子抓进去了，屠老头还得负责人家的医药费。这件事老吕目睹。一块喝酒的问起，他详详细细叙述了全过程。坐在他对面的老聂听了，说：“该！”

坐在里面犄角的老王说：“这是什么买卖！”

老吕只是很平静地说：“这回大概得老实两天。”

老吕在小红门一家木材厂下夜看门。每天骑车去，路上得走四十分钟。他想往近处挪挪，没有合适的地方，他说：“算了！远就远点吧。”

他在木材厂喂了一条狗。他每天来喝酒，都带了一个塑料口袋，安乐居的顾客有吃剩的包子皮，碎骨头，他都捡起来，给狗带去。

头几天，有人要给他说一个后老伴，——他原先的老伴死了有二年多了。这事他的酒友都知道，知道他已经考虑了几天了，问起他：“成了吗？”老吕说：“——不说了。”他说的时候神情很轻松，好像解决了一个什么难题。他的酒友也替他感到轻松。他们几乎异口同声地说：“不说了？——不说了好！添乱！”

老吕于是慢慢地喝酒，慢慢地抽烟。

比老吕稍晚进店的是老聂。老聂总是坐在老吕的对面。老聂有个小毛病，说话爱眨巴眼。凡是说话爱眨眼的人，脾气都比较急。他喝酒也快，不像老吕一口一口地抿。老聂每次喝一两半酒，多一口也不喝。有人强往他酒碗里倒一点，他拿起酒碗就倒在地下。他来了，搁了一个小提包，转身骑车就去“奔”酒菜去了。他“奔”来的酒菜大都是羊肝、沙肝。这是为他的猫“奔”的，——他当然也吃点。他喂着一只小猫。“这猫可仁义！我一回去，它就在你身上蹭——蹭！”他爱吃豆制品。熏干、鸡腿、麻辣丝……小葱下来的时候，他常常用铝饭盒装来一些小葱拌豆腐。有一回他装来整整两饭盒腌香椿。“来吧！”他招呼全店酒友。“你哪来这么多香椿？——这得不少钱！”——“没花钱！乡下的亲家带来的。我们家没人爱吃。”于是酒友们一人抓了一撮。剩下的，他都给了老吕。“吃完了，给我把饭盒带来！”一口把余酒喝净，退了杯，“回见！”出门上车，吱溜——没影儿了。

老聂原是做小买卖的。他在天津三不管卖过相当长时期炒肝。现在退休在家。电话局看中他家所在的“点”，想在他家安公用电话。他嫌钱少，麻烦。挨着他家的汽水厂工会愿意每月贴给他三十块钱，把厂里职工的电话包了。他还在犹豫。酒友们给他参谋：“行了！电话局每月给钱，汽水厂三十，加上传电话、送电话，不少！坐在家里拿钱，哪儿找这么好的事去！”他一想：也是！

老聂的日子比过去“滋润”了，但是他每顿还是只喝一两半酒，多一口也不喝。

画家来了。画家风度翩翩，梳着长长的背发，永远一丝不乱。衣着入时而且合体。春秋天人造革猎服，冬天羽绒服。——他从来不戴帽子。这样的一表人才，安乐居少见。他在文化馆工作，算个知识分子，但对人很客气，彬彬有礼。他这喝酒真是别具一格：二两酒，一扬脖子，一口气，下去了。这种喝法，叫作“大车酒”，过去赶大车的这么喝。西直门外还管这叫“骆驼酒”，赶骆驼的这么喝。文墨人，这样喝法的，少有。他和老王过去是街坊。喝了酒，总要走过去说几句话。“我给您添点儿？”老王摆摆手，画家直起身来，向在座的酒友又都点了点头，走了。

我问过老王和老聂：“他的画怎么样？”

“没见过。”

上海老头来了。上海老头久住北京，但是口音未变。他的话很特别，在地道的上海话里往往掺杂一些北京语汇："没门儿！""敢情！"甚至用一些北京的歇后语："那末好！武大郎盘杠子——上下够不着！"他把这些北京语汇、歇后语一律上海话化了，北京字眼，上海语音，挺绝。上海老头家里挺不错，但是他爱在外面逛，在小酒馆喝酒。

"外面吃酒，——香！"

他从提包里摸出一个小饭盒，里面有一双截短了的筷子、多半块熏鱼、几只油爆虾、两块豆腐干。要了一两酒，用手纸擦擦筷子，吸了一口酒。

"您大概又是在别处已经喝了吧？"

"啊！我们吃酒格人，好比天上飞格一只鸟（读如"屌"），格小酒馆，好比地上一棵树。鸟飞在天上，看到树，总要落一落格。"如此妙喻，我未之前闻，真是长了见识！

这只鸟喝完酒，收好筷子，盖好小饭盒，拎起提包，要飞了："晏歇会！——明儿见！"

他走了，老王问我："他说什么？喝酒的都是屌。

安乐居喝酒的都很有节制，很少有人喝过量的。也喝得很斯文，没有喝了酒胡咧咧的。只有一个人例外。这人是个瘸子，左腿短一截，走路时左脚跟着不了地，一晃一晃的。他自己说他原来是"勤行"——厨子，煎炒烹炸，南甜北咸，东辣西酸。说他能用两个鸡蛋打三碗汤，鸡蛋都得成片儿！但我没有再听到他还有什么特别的手艺，好像他的绝技只是两个鸡蛋打三碗汤。以这样的手艺自豪，至多也只能是一个“二荤铺”的“二把刀”。——“二荤铺”不卖鸡鸭鱼，什么菜都只是“肉上找”，——炒肉丝、熘肉片、扒肉条……他现在在汽水厂当杂工，每天蹬平板三轮出去送汽水。这辆平板归他用，他就半公半私地拉一点生意。口袋里一有钱，就喝。外边喝了，回家还喝；家里喝了，外面还喝。有一回喝醉了，摔在黄土坑胡同口，脑袋碰在一块石头上，流了好些血。过两天，又来喝了。我问他：“听说你摔了？”他把后脑勺伸过来，挺大一个口子。“唔！唔！”他不觉得这有什么丢脸，好像还挺光彩。他老婆早上在马路上扫街，挺好看的。有两个金牙，白天穿得挺讲究，色儿都是时兴的，走起路来扭腰拧胯，咳，挺是样儿。安乐居的熟人都替她惋惜：“怎么嫁了这么个主儿！——她对瘸子还挺好！”有一回瘸子刚要了一两酒，他媳妇赶到安乐居来了，夺过他的酒碗，顺手就泼在了地上：“走！”拽住瘸子就往外走，回头向喝酒的熟人解释：“他在家里喝了三两了，出来又喝！”瘸子也不生气，也不发作，也不觉有什么难堪，乖乖地一摇一晃地家去了。

瘸子喝酒爱说。老是那一套，没人听他的。他一个人说。前言不搭后语，当中夹杂了很多“唔唔唔”：“……宝三，宝善林，唔唔唔，知道吗？宝三摔跤，唔唔唔。宝三的跤场在哪儿？知道吗？唔唔唔。大金牙、小金牙，唔唔唔。侯宝林。侯宝林是云里飞的徒弟，唔唔唔。《逍遥律》，‘欺寡人’——‘七挂人’，唔唔唔。干嘛老是‘七挂人’？‘七挂人’唔唔唔。天津人讲话：‘嘛事你啦？’唔唔唔。二娃子，你可不咋着！唔唔唔……”

喝酒的对他这一套已经听惯了，他爱说让他说去吧！只有老聂有时给他两句：“老是那一套，你贫不贫？有新鲜的没有？你对天桥熟，天桥四大名山，你知道吗？”

瘸子爱管闲事。有一回，在李村胡同里，一个市容检查员要罚一个卖花盆的款，他插进去了：“你干嘛罚他？他一个卖花盆的，又不脏，又没有气味，‘污染’，他‘污染’什么啦？罚了款，你们好多拿奖金？你想钱想疯了！卖花盆的，大老远地推一车花盆，不容易！”他对卖花盆的说：“你走，有什么话叫他朝我说！”很奇怪，他跟人辩理的时候话说得很明快，也没有那么多“唔唔唔”。

第二天，有人问起，他又把这档事从头至尾学说了一遍，有声有色。

老聂说：“瘸子，你这回算办了件人事！”

“我净办人事！”

喝了几口酒，又来了他那一套：“宝三，宝善林，知道吗？唔唔唔……”

老吕、老聂都说：“又来了！这人，不经夸！”

“四大名山？”我问老王：“天桥哪儿有个四大名山？”

“咳！四块石头。永定门外头过去有那么一座小桥，——后来拆了。桥头一边有两块石头，这就叫‘四大名山’。你要问老人们，这永定门一带景致多哩！这会儿都没有人知道了。”

老王养鸟，红子。他每天沿天坛根遛早，一手提一只鸟笼，有时还架着一只。他把架棍插在后脖领里。吃完早点，把鸟挂在安乐林，聊会天，大约十点三刻，到安乐居。他总是坐在把角靠墙的座位。把鸟笼放好，架棍插在老地方，打酒。除了有兔头，他一般不吃荤菜，或带一条黄瓜，或一个西红柿、一个橘子、一个苹果。老王话不多，但是有时打开话匣子，也能聊一气。

我跟他聊了几回，知道：他原先是扛包的。

“我们这一行，不在三百六十行之内。三百六十行，没这一行！”

“你们这一行没有祖师爷？”

“没有！”

“有没有传授？”

“没有！不像给人搬家的，躺箱、立柜、八仙桌、桌子上还常带着茶壶茶碗自鸣钟，扛起来就走，不带磕着碰着一点的，那叫技术！我们这一行，有力气就行！”

“都扛什么？”

“什么都扛，主要是粮食。顶不好扛的是盐包，——包硬，支支愣愣的，硌。不随体。扛起来不得劲儿。扛包，扛个几天就会了。要说窍门，也有。一包粮食，一百多斤，搁在肩膀上，先得颤两下。一颤，哎，包跟人就合了槽了，合适了！扛熟了的，也能换换样儿。跟递包的一说：‘您跟我立一个！’哎，立一个！”

“竖着扛？”

“竖着扛。您给我‘搭’一个！”

“斜搭着？”

“斜搭着。”

“你们哪会拿工资？计件？”

“不拿工资，也不是计件。有把头——”

“把头，把头不是都是坏人吗？封建把头嘛！”

“也不是！他自己也扛，扛得少点，把头接了一批活：‘哥几个！就这一堆活，多会扛完了多会算。’每天晚半晌，先生结账，该多少多少钱。都一样。有临时有点事的，觉得身上不大合适的，半路地儿要走，您走！这一天没您的钱。”

“能混饱了？”

“能！那会吃得多！早晨起来，半斤猪头肉，一斤烙饼。中午，一样。每天每。晚半晌吃得少点。半斤饼，喝点稀的，喝一口酒。齐啦。——就怕下雨。赶上连阴天，惨啰没活儿。怎么办呢，拿着面口袋，到一家熟粮店去：‘掌柜的！’‘来啦！几斤？’告诉他几斤几斤，‘接着！’没的说。赶天好了，拿了钱，赶紧给人家送回去。为人在世，讲信用：家里揭不开锅的时候，少！……

“……三年自然灾害，可把我饿惨了。浑身都膀了。两条腿，棉花条。别说一百多斤，十来多斤，我也扛不动。我们家还有一辆自行车，凤凰牌，九成新。我妈跟我爸说：‘卖了吧，给孩子来一顿！’丰泽园！我叫了三个扒肉条，喝了半斤酒，开了十五个馒头，——馒头二两一个，三斤！我妈直害怕：‘别把杂种操的撑死了哇！’……”

“您现在每天还能吃……？”

“一斤粮食。”

“退休了？”

“早退了！——后来我们归了集体。干我们这行的，四十五就退休，没有过四十五的。现在扛包的也没有了，都改了传送带。”

老王现在每天夜晚在一个幼儿园看门。

“没事儿！扫扫院子，归置归置，下水道不通了，——通通！活动活动。老呆着干嘛呀，又没病！”

老王走道低着脑袋，上身微微往前倾，两腿叉得很开，步子慢而稳，还看得出有当年扛包的痕迹。

这天，安乐居来了三个小伙子：长头发，小胡子、大花衬衫、苹果牌牛仔裤、尖头高跟大盖鞋，变色眼镜。进门一看：“嗨，有兔头！”——他们是冲着兔头来了。这三位要了十个兔头、三个猪蹄、一只鸭子、三盘包子，自己带来八瓶青岛啤酒，一边抽着“万宝乐”，一边吃喝起来。安乐林喝酒的老酒座都瞟了他们一眼。三位吃喝了一阵，把筷子一挥，走了。都骑的是亚马哈。嘟嘟嘟……桌子上一堆碎骨头、咬了一口的包子皮，还有一盘没动过的包子。

老王看着那盘包子，撇了撇嘴：“这是什么买卖！”

这是老王的口头语。凡是他不以为然的事，就说：“这是什么买卖！”

老王有两个鸟友，也是酒友。都是老街坊，原先在一个院里住。这二位现在都够万元户。

一个是佟秀轩，是裱字画的。按时下的价目，裱一个单条：14~16元。他每天总可以裱个五六幅。这二年，家家都又愿意挂两条字画了。尤其是退休老干部。他们收藏“时贤”字画，自己也爱写、爱画。写了、画了，还自己掏钱裱了送人。因此，佟秀轩应接不暇。他收了两个徒弟。托纸、上板、揭画，都是徒弟的事。他就管管配绫子，装轴。他每天早上遛鸟。遛完了，如果活儿忙，就把鸟挂在安乐林，请熟人看着，回家刷两刷子。到了十一点多钟，到安乐林摘了鸟笼子，到安乐居。他来了，往往要带一点家制的酒菜：炖吊子、烩鸭血、拌肚丝儿。……佟秀轩穿得很整洁，尤其是脚下的两只鞋。他总是穿礼服呢花旗底的单鞋，圆口的，或是双脸皮梁靸鞋。这种鞋只有右安门一家高台阶的个体户能做。这个个体户原来是内联升的师傅。

另一个是白薯大爷。他姓白，卖烤白薯。卖白薯的总有些邋遢，煤呀火呀的。白薯大爷出奇的干净。他个头很高大，两只圆圆的大眼睛，顾盼有神。他腰板绷直，甚至微微有点后仰，精神！蓝上衣，白套袖，腰系一条黑人造革的围裙，往白薯炉子后面一站，嘿！有个样儿！就说他的精神劲儿，让人相信他烤出来的白薯必定是栗子味儿的。白薯大爷卖烤白薯只卖一上午。天一亮，把白薯车子推出来，把鸟——红子，往安乐林一挂，自有熟人看着，他去卖他的白薯。到了十二点，收摊。想要吃白薯，明儿见啦您哪！摘了鸟笼，往安乐居。他喝酒不多。吃菜！他没有一颗牙了，上下牙床子光光的，但是什么都能吃，——除了铁蚕豆，吃什么都香。“烧鸡烂不烂？”——“烂！”“来一只！”他买了一只鸡，撕巴撕巴，给老王来一块脯子，给酒友们让让：“您来块？”别人都谢了，他一人把一只烧鸡一会的工夫全开了。“不赖，烂！”把鸡架子包起来，带回去熬白菜。“回见！”

这天，老王来了，坐着，桌上搁一瓶五星牌二锅头，看样子在等人。一会儿，佟秀轩来了，提着一瓶汾酒。

“走啊！”

“走！”

我问他们：“不在这儿喝了？”

“白薯大爷请我们上他家去，来一顿！”

第二天，老王来了，我问：“昨儿白薯大爷请你们吃什么好的了？”

“荞面条！——自己家里擀的。青椒！蒜！”

老吕、老聂一听：“嘿！”

安乐居已经没有了。房子翻盖过了。现在那儿是一个什么贸易中心。

一九八六年七月五日晨写完

迟开的玫瑰或胡闹

邱韵龙是唱二花脸的。考科班的时候，教师看看他的长相，叫他喊两嗓子，说："学花脸吧。"科班教花脸戏，头几年行当分得没有那样细，一般的花脸戏都教。学花脸的，谁都愿意唱铜锤，——大花脸。

大花脸挣钱多。邱韵龙自然也愿学大花脸。铜锤戏，《大（保国）、探（皇陵）、二（进宫）》《御果园》《锁五龙》……这些戏他都学过。但是祖师爷没赏他这碗饭，他的条件不够。唱铜锤得有一条好嗓子。他的嗓子只是"半条吭"（"吭"字读阴平），一般铜锤戏能勉强唱下来，但是"逢高不起"，遇有高音，只是把字报出来，使不了大腔，往往一句腔的后半截就"交给胡琴"。内行所谓"龙音”“虎音”，他没有。不响堂，不打远，不挂味。铜锤要求有个好脑袋。最好的脑袋要数金少山。铜锤要有个锛儿头(大脑门儿)，金少山有；大眼睛，他有；高鼻梁、高颧骨，有；方下巴、大嘴叉，有！这样扮出戏来才好看。可是邱韵龙没有。他的脑袋不小，但是圆乎乎的，肌肉松弛，轮廓不清楚，嘴唇挺厚，无威猛之气。唱铜锤也要讲身材，得是高个儿、宽肩膀、细腰，这样穿上蟒、靠，尤其是箭衣，才是样儿。邱韵龙个头不算很矮，但是上下身比例不对，有点五短。而且小时候就是个挺大的肚子，他还不大服气。出科以后，唱了几年，有了点名气，他曾经约了一个唱青衣的坤角贴过一出《霸王别姬》。一出台，就招了一个敞笑。

霸王的脸谱属于“无双谱”，既不是“三块瓦”，也不是“十字门”，眼窝朝下耷拉着，是个“愁脸”。这样的脸谱得是个长脸勾出来才好看。杨小楼是个长脸，勾出来好看。可是邱韵龙的脸短，勾出来不是样儿，再加上他的五短身材、大肚子，后台看他扮这出戏，早就窃窃地笑开了：活脱像个熊猫。打那以后，他就死了唱大花脸这条心。

他学过架子花，《醉打山门》《芦花荡》这些戏也都会，但是出科就没有唱过。架子花要“身上”、要功架、要腰腿、要跪、要媚，他自己知道，以他那样的身材，唱这样的戏讨不了俏。因此，他唱偏重文戏的二花脸。他自有优势。他会“做戏”，台上的“尺寸”比较好，“傍角儿”演戏傍得很“严”。他的最好的戏是《四进士》的顾读，“一公堂”“二公堂”烘托得很有气氛。他有一出算是主角的戏（二花脸多是配角），是《野猪林》。《野猪林》的鲁智深得袒着肚子，正合适。全国唱花脸的都算上，要找这么个肚子，还真找不出来。他唱戏很认真，不懈场，不“撒儿哄”，不撒汤、不漏水。他奉行梨园行的一句格言：“小心干活，大胆拿钱。”因此名角班社都愿用他。他是个很称职的二路。海报上、报纸广告上总有他的名字，在京戏界“有这么一号”。他挣钱不少。比起挑班儿唱红了的“好角”，没法儿比；比起三路、四路乃至“底帏子”，他可是阔佬。“别人骑马我骑驴，回头再看推车汉——比上不足，比下有余”。

他在戏班里有一种优越感，他的文化程度比起同行师兄弟，要高出一截，用他自己的说法，是“头挑”。唱戏的，一般都是“幼而失学”，他是高小毕了业的。打小，他爱瞧书、瞧报。他有个叔叔，是个小学教员，有一架子书，他差不多全看过。在戏班里，能看“三列国”（《三国演义》《东周列国志》，戏班里合称之为“三列国”），就是圣人。他的书底子可远远超过“三列国”了。眼面前的小说，不但是《西游》《水浒》《红楼》，全都看得很熟，就连外国小说《基度山恩仇记》《茶花女》《莎氏乐府本事》，也都记得很清楚。他还有一样长处，是爱瞧电影，国产片、外国片——主要是美国电影，都看。他能背出许多美国电影故事和美国电影明星的名字。不过他把美国明星的名字一律都变成北京话了。他叫卓别林为贾波林，秀兰·邓波儿为沙利邓波，范朋克成了“小飞来伯”，把奥丽薇得哈弗兰（这个名字也实在太长）简化为哈惠兰，而且“哈”字读成上声，听起来好像是家住牛街的一位回民姑娘。他的叔叔鼓励他看电影，以为这对他的舞台表演有帮助。那倒也是。他会做戏，跟瞧电影多不无关系。更重要的是许多缠绵悱恻，风流浪漫的电影故事于不知不觉之中对他产生了影响，进入了潜意识。

他熟知北京的掌故、传说、故事、新闻。他爱聊，也会聊。戏班里的底包，尤其是跑龙套、跑宫女的年轻人，很爱听他白话。什么四大凶宅、八大奇案，每天说一段，也能说个把月，不亚于王杰魁的《包公案》，陈士和的《聊斋》。他以此为乐，也以此为荣。试举他说过不止一次的两件奇闻为例。

有一个老花子在前门、大栅栏一带要饭。有一天，来了一个阔少，趴在地下就给老花子磕了三个头：“哎呀爸爸！您怎么在这儿，儿子找了您多少年了！快跟我回家去吧！”老花子心想：这是哪儿的事呀，我怎么出来个儿子，—— 一个阔少爷！不管它，家去再说！到了家，给老太爷更衣，到澡堂洗澡，剃头，戴上帽盔儿：嗨，还真有个福相。带着老太爷吃馆子、看戏。反正，怎么能讨老太爷喜欢怎么来。前门一带，这就嚷嚷动了：冯家的少爷(不知是哪位闲人，打听到这家姓冯)认了失散多年的老父亲。每逢父子俩坐着两辆包月车，踩着脚铃，一路叮叮当当地过去，总有人指指点点，谈论半天。天凉了，该给老太爷换季了。上哪儿买料子，——瑞蚨祥。扶着老太爷，挑了好些料子，绸缎呢绒，都是整匹的，外搭上两件皮筒子，一件西狐肷，一件貉绒，都是贵重的稀物。一算账，哎呀，带的钱不够。“这么着吧，我回去取一趟，让老爷子在这儿坐会儿。东西，我先带着。我一会就来。快！”瑞蚨祥的上上下下对冯大少爷都有个耳闻，何况还有老太爷在这儿坐着呢？掌柜的就说：“没事，没事！您尽管去。”一面给老太爷换了一遍茶叶。不想一等也不来，二等也不来，过了两个钟头了，掌柜有点犯嘀咕，问：“老太爷，您那少爷怎么还不来？”——“什么少爷？我跟他不认识！”掌柜的这才知道，受了骗了。行骗，总得先下点本儿，花一点时间。

廊坊头条的珠宝店，现在没有多少值钱的东西了，在以前，哪一家每天都要进出上万洋钱。有一家珠宝店，除了一般的首饰，专卖钻戒。有一天，来了一位阔少，要买钻戒。二柜拿出三盒钻戒请他挑。他坐在茶几旁边的椅子上，一面喝茶，一面挑选，左挑右挑，没有中意的。站起来，说了一声：“对不起，麻烦你们了！”这就要走。二柜喊了一声：“等等！”他发现钻戒少了一只。“你们要怎么样？”——“我们要搜！”——“搜不出来呢？”——“摆酒请客，赔偿名誉损失！”“请搜。”解衣服，脱裤子，浑身上下，搜了一个遍：没有。珠宝店只好履行诺言，请客、赔偿。二柜直纳闷，这只钻戒是怎么丢的呢？除了柜上的伙计，顾客就他一个人呀。过了一些日子，珠宝店刷洗全堂家具，一个伙计在茶几背面发现一张膏药的痕迹，膏药当中正是那只钻戒的印子。原来，阔少挑钻戒时把这只钻戒贴在了茶几背面，过了几天，又由别的人来取走了。贴钻戒，这要手疾眼快。骗案，大都不是一个人，必有连裆。

邱韵龙把这些奇闻说得活灵活现，好像他目睹似的。其实都有所本。头一件奇闻，出于《三刻拍案惊奇》第九回。第二件奇闻的出处待查。他白话的故事大都出于坊刻小说或《三六九画报》之类的小报。有些是道听途说。比如他说川岛芳子（金碧辉）要敲翡翠大王铁三一笔竹杠，铁三把她请到家里去，打开珍宝库的铁门，请她随便挑。这么多的“水碧”，连金碧辉也没有见过。她拿了一件，从此再不找铁三的麻烦。这件事就不知道可靠不可靠。不过铁三他是见过的，他说铁三有那么多钱，可是自奉却甚薄，爱吃个芝麻烧饼，这也有几分可信。金碧辉他也见过，经常穿着男装，或长袍马褂，或军装大马靴，爱到后台来鬼混。金碧辉枪毙，他没有赶上。有一个敌伪时期的汉奸，北京市副市长丁三爷绑赴刑场，他是看见的。这位丁三爷恶迹很多，但是对梨园行却很照顾。有戏班里的人犯了事，叫公安局或侦缉队薅去了，托一个名角去求他，他一个电话，就能把人要出来。因此，戏班里的人对他很有好感。那天，邱韵龙到前门外去买茶叶，正好赶上。他亲眼看到丁三爷五花大绑，押在卡车上。不过他没有赶去看丁三爷挨那一枪。他谨遵父亲大人的庭训：不入三场——杀场、火场、赌场。

不但上海绿宝之类的赌场他没有去过，就是戏班里要钱，他也概不参加。过去，戏班赌风很盛，后台每天都有一桌牌九。做庄的常是一个唱大丑的李四爷。他推出一条，开了门，手里控着色子，叫道：“下呀！下呀！”大家纷纷下注。邱韵龙在一旁看着，心里冷笑：今天你下了，明天拿什么蒸（窝头）呀！”

他不赌钱，不抽烟，不喝酒，唯一的爱好是吃。吃肉，尤其是肘子，冰糖肘子、红焖肘子、东坡肘子、锅烧肘子、四川菜的豆瓣肘子，是肘子就行。至不济，上海菜的小白蹄也凑合了。年轻的时候，晋阳饭庄的扒肘子，一个有小二斤，九寸盘，他用一只筷子由当中一豁，分成两半，端起盘子来，呼噜呼噜，几口就“喝”了一半；把盘子掉个边，呼噜呼噜，那一半也下去了。中年以后，他对吃肉有点顾虑。他有个中医朋友，是心血管专家，自己也有高血压心脏病，也爱吃肉吃肘子。他问他：“您是大夫，又有这样的病，还这么吃？”大夫回答他：“他不明儿才死吗”意思是说：今天不死，今天还吃。邱韵龙一想：也有道理！

邱韵龙精于算计。有时有几个师兄弟说：“咱们来一顿”，得找上邱韵龙，因为他和好几家大饭馆的经理、跑堂的、掌勺的大师傅都熟，有他去，价廉物美。“来一顿”都是“吃公墩”，即“打平伙”，费用平摊。饭还没有吃完，他已经把账算出来，每人该多少钱，大家当场掏钱，由他汇总算账，准保一分也不差。他有时也请请客，有一个和他是“发小”，现在又当剧团领导的师弟，他有时会约他出来吃一顿小吃，那不外是南横街的卤煮小肠、门框胡同的褡裢火烧、朝阳门大街的门钉肉饼，那费不了几个钱。

他二十二岁结的婚，娶的是著名武戏教师林恒利的女儿，比他大两岁。是林恒利相中的。他跟女儿说：“你也别指望嫁一个挑班唱头牌的，我看也不会有唱头牌的相中你。再说，唱头牌的哪个不有点花花事儿？那气，你也受不了。我看韵龙不错，人老实。二牌，钱不少挣。”托人一说，成了。媳妇模样平常，人很贤惠，干什么都是利利索索的。他们生了个女儿。女儿像韵龙，胖乎乎的，挺好玩。邱韵龙爱若掌上明珠，常带她到后台来玩。媳妇每天得给他捉摸吃什么，不能老是肘子。有时给他煽一个锅子（涮羊肉），有时煨牛（牛肋条肉文火煨透，得煨一夜），或是炒一盘羊尾巴油炒麻豆腐。一来给他调剂调剂，二来也得照顾照顾女儿的口味。女儿读了外贸学院，工作了，结婚了，生孩子了。一转眼，邱韵龙结婚小四十年了。一家子过得风平浪静，和和美美。

万万没有想到：邱韵龙谈恋爱了！

消息传开了，很多人都不相信。

“邱韵龙谈恋爱？别逗啦！”

“他他都六十出头啦！”

“谁要他呀？这么大的肚子！”

事实就是事实，邱韵龙不否认。

女的是公共汽车公司卖月票的售票员，模样不错，照邱韵龙的说法是："高鼻梁，大眼睛，一笑两酒窝。"她四十几了，一年前死了丈夫。因为没有生过孩子，身材还挺苗条，说是三十大几，也说得过去。邱韵龙每月买月票，渐渐熟了，每次隔着售票处的窗口，总要搭搁几句。有一次，女的跟他说："我昨儿晚上瞧见您了，——在电视里。"——"你瞧见了吗？"那是一次春节晚会，有一个游艺节目，电影明星和体育健将的排球赛，——用氢气球，只许用头顶。邱韵龙是裁判。那天他穿了一件大花粗线毛衣，喊着裁判口令："红队，得分！"——"蓝队，过网击球，换发球！"本来这是逢场作戏，逗人一乐的事，比赛场内外笑声不绝，邱韵龙可是认真其事，奔过来，跑过去，吹哨子，叫口令，一丝不苟，神气十足。"您真精神！样子那么年轻，一点不显老！"——"是吗"邱韵龙就爱听这句话，心里美不滋儿的。邱韵龙送过两回戏票，请她看戏。两个人看过几场电影，吃过几回小馆子，说话，这就到夏天了，他们逛了一回西山八大处。回来，邱韵龙送她回家。天热，女的拧了一个手巾把儿递给他："你擦擦汗。我到里屋擦把脸，你少坐一会。"过了一会，女的撩开门帘出来：一丝不挂。

有人劝邱韵龙："您都这么大的岁数了，您这是干什么？"

邱韵龙的回答是："你说吃，咱们什么没吃过？你说穿，咱们什么没穿过？就这个，咱们没有干过呀！"

女的不愿这么不明不白，偷偷摸摸地过，她让他和老婆离婚。和她正式结婚。

他回家和老婆提出，老婆说："你说什么？"

他的一个弟妹（师弟的媳妇）劝他不要这样，他说："我宁可精精致致的过几个月，也不愿窝窝囊囊地过几年。"

这实在是一句十分漂亮，十分精彩的话，"精精致致"字眼下得极好，想不到邱韵龙的厚嘴唇里会吐出这样漂亮的语言！

他天天跟老婆蘑菇，没完没了。最后说："你老不答应，赶明儿那大红花叫别人戴上了（指新郎官叫别人做了），你心里不难受呀？"

他的女儿听到母亲告诉她父亲的原话，说："这是什么逻辑！"

老婆叫他纠缠得没有办法，说："离！离！"他自觉于心有愧，什么也没有带，大彩电、电冰箱、洗衣机，成堂沙发，组合家具，全都留给发妻，只带了一个存折，两箱衣裳，"扫地出门"，去过他那精精致致的日子去了。

他很注意保重身体。家里五屉柜一个抽屉里装的都是常用药。血压稍有波动，只要低压超过九十，高压超过一百三，就上医务室要降压灵。家里常备氧气袋，见了过了六十的干部就奉劝道：“像咱们这个年龄，一定要有氧气袋！”他还举出最近逝世的两个熟人，说“那样的病情，吸一点氧气就过来了。家里人无知呀！”他犯过两次心绞痛，都不典型，心电图看不出太大的问题。这一天，他早餐后觉得心脏不大舒服，胸闷气短，就上医院去看看。医院离他家——他的新居很近，几步就到了，他是步行去的。他精神还挺好。头戴英国兔毛呢便帽，——唱花脸的得剃光头，不能留发，所以他对帽子就特别在意，他有好几顶便帽，都是进口货；穿着铁灰色澳毛薄呢大衣，脚下是礼服呢千层底布鞋，——他不爱穿皮鞋，上面不管穿什么，哪怕是西服，脚下也总是礼服呢面布鞋。他双手插在大衣兜里，缓缓地，然而是轻轻松松地在人行道上走着，像一个洋绅士在散步。他自我感觉良好，觉得自己很潇洒。觉得自己有一种美。这种美不是泰隆保华、罗拔泰勒那样的美，这是“旱香瓜——另一个味儿”。他觉得自己很有艺术家的气质、风度，他很有自信。这种自信在他恋爱之后就更加强化，更加实在了。他时时不免顾影自怜——在商店大橱窗的反光的玻璃前一瞥他自己的风采。

他原以为没有事儿，上医院领一点药就回来了，没想到左前胸忽然剧痛，浑身冷汗下来了，几乎休克过去。医生一检查，当即决定，住院抢救：大面积心肌梗死。

住院抢救，须有家属陪住。叫谁来陪住呢？他的虽已登记，尚未正式结婚的新夫人不便前来，医院和剧团领导研究，还是得请他已经离婚的原配夫人来。

到底是结发夫妻，他的原先的老伴接到通知，二话没说，就到医院里来了，对他侍候得很周到。他大小便失禁，拉了一床，还得给人家医院洗床单。他神志清醒，也很知情，很感激。

他还没有过危险期，但是并没有把日子过糊涂了。正是月初，发薪的日子，他跟老伴说："你去给我把工资领来。"老伴说："你都病成这相儿了，还惦着这个干什么？"——"你去给我领来，我爱瞧这个！"老伴给他领来了工资，把一沓人民币放在他的枕边。他看了看人民币，一笑而逝。享年六十二岁。

他死后，由于种种原因，没有开追悼会。悼词不好写，写什么？追悼会的会场上家属位置上谁站着？

他死后，剧团的同事说："邱韵龙简直是胡闹！"

他的女儿说："我爸爸纯粹是自己作的！"

本文摘自一九九一年第一期《香港文学》

捡烂纸的老头

烤肉刘早就不卖烤肉了，不过虎坊桥一带的人都还叫它烤肉刘。这是一家平民化的回民馆子，地方不小，东西实惠，卖大锅菜。炒辣豆腐，炒豆角，炒蒜苗，炒洋白菜。比较贵一点是黄焖羊肉，也就是块儿来钱一小碗，在后面做得了，用脸盆端出来，倒在几个深深的铁罐里，下面用微火煨着，倒总是温和的。有时也卖小勺炒菜：大葱炮羊肉，干炸丸子，它似蜜……主食有米饭、馒头、芝麻烧饼、罗丝转；卖面条，浇炸酱、浇卤。夏天卖麻酱面。卖馅儿饼。烙饼的炉紧贴着门脸儿，一进门就听到饼铛里的油叽叽喳喳地响，饼香扑鼻，很诱人。

烤肉刘的买卖不错，一到饭口，尤其是中午，人总是满的。附近有几个小工厂，厂里没有食堂，烤肉刘就是他们的食堂。工人们都在壮年，能吃，馅饼至少得来五个（半斤），一瓶啤酒，二两白的。女工们则多半是拿一个饭盒来，买馅饼，或炒豆腐、花卷，带到车间里去吃。有一些退休的职工，不爱吃家里的饭，爱上烤肉刘来吃“野食”，爱吃什么要点儿什么。有一个文质彬彬的主儿，原来当会计，他每天都到烤肉刘这儿来。他和家里人说定，每天两块钱的“挑费”都扔在这儿。有一个煤站的副经理，现在也还参加劳动，手指甲缝都是黑的。他在烤肉刘吃了十来年了。他来了，没座位，服务员即刻从后面把他们自己坐的凳子搬出一张来，把他安排在一个旮旯里。有炮肉，他总是来一盘炮肉，仨烧饼，二两酒。给他炮的这一盘肉，够别人的两盘，因为烤肉刘指着他保证用煤。这些，都是老主顾。还有一些流动客人，有东北的，山西的，保定的，石家庄的。大包小包，五颜六色，男人用手指甲剔牙，女人敞开怀喂奶。

有一个人是每天必到的，午晚两餐，都在这里。这条街上的人都认识他，是个捡烂纸的。他穿得很破烂，总是一件油乎乎的烂棉袄，腰里系一根烂麻绳，没有衬衣。脸上说不清是什么颜色，好像是浅黄的。说不清有多大岁数，六十几？七十几？一嘴牙七长八短，残缺不全。你吃点儿软和的花卷、面条，不好吗？不，他总是要三个烧饼，歪着脑袋努力地啃噬。烧饼吃完，站起身子，找一个别人用过的碗，自言自语（他可不在乎这个）：“跟他们寻一口面汤。”喝了面汤：“回见。”没人理他，因为不知道他是向谁说的。

一天，他和几个小伙子一桌，一个小伙子看了他一眼，跟同伴小声说了句什么。他多了心："你说谁哪？"小伙子没有理他，他放下烧饼，跑到店堂当间："出来！出来！"这是要打架。北京人过去打架，都到当街去打，不在店铺里打，免得损坏人家的东西，搅了人家的买卖。"出来！出来！"是叫阵，没人劝。压根儿就没人注意他。打架？这么个糟老头子？这老头可真是糟，从里糟到外。这几个小伙子，随便哪一个，出去一拳准把他揍趴下。小伙子们看看他，不理他。

这么个糟老头子想打架，是真的吗？他会打架吗？年轻的时候打过架吗？看样子，他没打过架，他哪里是要胳膊的人哪！他这是干什么？虚张声势？也说不上，无声势可言。没有人把他当一回事。

没人理他，他悻悻地回到座位上，把没吃完的烧饼很费劲地啃完了。情绪已经平复下来——本来也没有多大情绪。"跟他们寻口汤去。"喝了两口面汤："回见！"

有几天没看见捡烂纸的老头了，听煤站的副经理说，他死了。死后，在他的破席子底下发现了八千多块钱，一沓一沓，用麻筋捆得很整齐。

他攒下这些钱干什么？

载一九九一年第二卷第一期《新地文学》

瞎鸟

经常到玉渊潭遛鸟——遛画眉的，有这几位。

老秦、老葛。他们固定的地点在东堤根底下。堤下有几棵杨树，可以挂鸟。有几个树墩子，可以坐坐。一边是苗圃，空气好。一边是一片杂草，开着浅蓝色的、金黄色的野花。他们选中这地方，是因为可以在草丛里捉到喂鸟的活食——蛐蛐、油葫芦。老葛说：“鸟到了我们手里，就算它有造化！”老葛来得早，走得也早，他还不到退休年龄，赶八点钟还得回去上班。老秦已经“退”了。可以晚一点走。他有个孙子，他来遛鸟，孙子说：“爷爷，你去遛鸟，给我逮俩玩艺儿。”老秦每天都要捉一两个挂大扁、知了。实在没有，至少也得逮一个“老道”——一种黄蝴蝶。他把这些玩艺儿放在一个旧窗纱做的小笼里。老秦、老葛都是只带一只画眉来。

堤面上的一位，每天蹬了自备的小三轮车来。他这三轮真是招眼：坐垫、靠背都是玫瑰红平绒的，车上的零件锃亮。他每天带四个鸟来，挂在柳树上。他自己就坐在车上架着二郎腿，抽烟，看报，看人——看穿了游泳衣的女学生。他的鸟叫得不怎么样，可是鸟笼真讲究，一色是紫漆的，洋金大抓钩。鸟食罐都是成套的，绣墩式的、鱼缸色的、腰鼓式的；粉彩是粉彩，逗彩是逗彩，油红彩是油红彩，叭狗、金鱼、公鸡。

南岸是鸟友们会鸟的地方。湖边有几十棵大洋槐树，树下一片小空场。空场上石桌石凳。几十笼画眉挂在一起，叫成一片。鸟友们都认识，挂了鸟，就互相聊天。其中最活跃的有两位。一个叫小庞，其实也不小了，不过人长得少相。一个叫陈大吹，因为爱吹。小庞一逗他，他就打开了话匣子。陈大吹是个鸟油子。他养的鸟很多，每天用自行车载了八只来，轮流换。他不但对玉渊潭的画眉一只一只了如指掌，哪只有多少“口”，哪只的眉子齐不齐，体肥还是体瘦，头大还是头小，哪一只从谁手里买的，花了多少钱，一清二楚，就是别处有什么出了名的鸟，天坛城根的，月坛公园的，龙潭湖的，他也能说出子午卯酉。

大家爱跟他近乎。还因为他每天带了装水的壶来。一个三磅热水瓶那样大的浅黄色的硬塑料瓶，有个很严实的盖子，盖子上有一个弯头的管子，攥着壶，手一仄歪，就能给水罐里加上水，极其方便。他提溜着这个壶，看谁笼里水罐里水浅了，就给加一点。他还有个脾气，爱和别人换鸟。养鸟的有这个规矩，你看上我的鸟，我看上你的了，咱俩就可以换。有的愿意贴一点钱，一张（拾元）、两张、三张。说好了，马上就掏。随即开笼换鸟。一言为定，永不反悔。

老王，七十多岁了，原来是勤行——厨子，他养了一只画眉。他不大懂鸟，不知怎么误打误撞的叫他买到了这只鸟。这只画眉，官称“鸟王”。不但口全——能叫“十三套”，而且非常响亮，一摘开笼罩，往树上一挂，一张嘴，叫起来没完。他每天先到东岸堤根下挂一挂，然后转到南岸。他把鸟往槐树叉上一挂，几十笼画眉渐渐都停下来了，就听它一个“人”一套一套地叫。真是“一鸟入林，众鸟压声。”老王是个穷养鸟的，他的这个鸟笼实在不怎么样，抓钩发黑，笼罩是一条旧裤子改的，蓝不蓝白不白，而且泡泡囔囔的，和笼子不合体。他后来又托陈大吹买了一只生鸟，和鸟王挂在一起，希望能把这只生鸟“压”（让生鸟向善叫的鸟学习鸣叫）出来。

还有一个每天来遛鸟的，叫“大裤裆”。他夏天总穿一条齐膝的大裤衩，裤裆特大。“大裤裆”独来独往，很少跟人过话，他骑车来，带四笼画眉。他爱让画眉洗澡，东堤根下有条小沟，通向玉渊潭里湖，是为了苗圃浇水掘开的。水很浅，但很清。他把笼子放在沟底，画眉就抖开翅膀洗一阵。然后挂在杨树枝上过风，挨老王的鸟不远。他提出要用一只画眉和老王的生鸟换，老王随口说了句：“换就换！”。“大裤裆”开了笼门就把两只鸟换了。老王提了两只鸟笼遛了几天，他有点纳闷：怎么“大裤裆”的这只鸟一声也不叫唤呀？他提到南岸槐树林里让大家看看。会鸟的鸟友们围过来左端详右端详。唔？这是怎么回事？陈大吹过来看了一会，隔着笼子，用手在画眉面前挥了几下，画眉一点反应也没有。陈大吹说：“你这鸟是个瞎子！”老王一跺脚：“哎哟，我上了他的当了！”陈大吹问：“你是跟谁换的”——“大裤裆！”——“你怎么跟他换了？”——“他说‘咱俩换换’，我随便说了句：‘换就换！’”鸟友们都很气愤。有人说：“跟他换回来！”但是，没这个规矩。

“大裤裆”骑车过南岸，陈大吹截住了他：“你可缺了大德了！你怎么拿一只瞎鸟跟老王换？人家一个孤老头子，养活两只鸟，不容易！你这不是坑人吗？”“大裤裆”

振振有词:“你管得着吗?——这只鸟在我手里的时候不瞎!”这是死无对证的事。你说它本来就瞎，你看见了吗?“大裤裆”登上车，疾驶而去。众鸟友议论一阵，也就散开了。

鸟友们还是每天会鸟，陈大吹还是神吹，老秦、老葛在草丛抓活食，堤面上蹬玫瑰红三轮车的主儿还是抽烟，看报，看穿了游泳衣的女学生。

老王每天提了一只鸟王、一只瞎鸟，沿湖堤遛一圈。

这以后，很少看见“大裤裆”到玉渊潭来了。

一九九一年四月

载一九九一年第二卷第一期《新地文学》

生前友好

他是剧院的电工。剧院现在不演现代戏，传统戏只要打个大平光，把台上照亮了就行了，有演出，他上剧场去，没有多少事。白天，到院部上班，很准时。院部也没有多少事，有时电线短路，保险丝烧断了，灯泡瞥了，需要修理一下，也都是举手之劳。但是他整天在院部各处走来走去，屁股后面佩了一个插了全部电工工具的皮套。他人很瘦小，这个全副武装的皮套对他说起来显得有点过于沉重。但是他愿意整天佩戴着，这样才显出他是电工，是技术人员，和管衣箱的箱倌，刮片子的梳头桌师傅不一样。

他有两个特点，一个是爱吃辣，一个是爱参加追悼会。

前门饭店餐厅有一个时候对外营业，菜品不多，但是是正宗川味，而且价钱不贵。有些菜是别的菜馆里不易吃得着的，比如白萝卜炖牛肉。麻婆豆腐做得很地道，豆腐很嫩，泛着一层红油。这位电工师傅几乎每天中午都到前门饭店吃饭，要一个麻婆豆腐，四两米饭。有剧院的熟人来，——多半是二路演员、打鼓佬，他必要点头招呼，并说：“就爱吃个辣！”

好像这是值得骄傲的事。他有理由骄傲，剧院的三路角以下的“苦哈哈”，能每天上前门饭店吃饭的，不多。他对只吃窝头炸酱面的主儿，看不起。

剧院有六七百号人，死人的事是经常发生的。人死了，要开追悼会。电工师傅早打听好了，追悼会哪天开，头一天就做好了心理准备。不管是谁的追悼会，他都参加，从不缺席，特别是名角的追悼会，尽管这些名角没跟他说过话。开往八宝山的大轿车停在院子里，车门一开，他头一个上去。他总是坐在最后一排。

奏哀乐，向遗像三鞠躬，剧院的负责人致悼词，在礼堂里走一圈，向遗体告别，一切如仪。电工师傅脸上很严肃，但是不掉眼泪。大轿车从八宝山开回来，电工师傅到前门饭店吃麻婆豆腐。

他觉得这一天过得很有意思。

一九九三年八月二十一日

载一九九四年一月二十日《大公报》

小　芳

小芳在我们家当过一个时期保姆，看我的孙女卉卉。从卉卉三个月一直看她到两岁零八个月进幼儿园日托。

她是安徽无为人。无为木田镇程家湾。无为是个穷县，地少人多。地势低，种水稻油菜。平常年月，打的粮食勉强够吃。地方常闹水灾。往往油菜正在开花，满地金黄，一场大水，全都完了。因此无为人出外谋生的很多。年轻女孩子多出来当保姆。北京人所说的“安徽小保姆”，多一半是无为人。她们大都沾点亲。即或是不沾亲带故，一说起是无为哪里哪里的，很快就熟了。亲不亲，故乡人。她们互通声气，互相照应，常有来往。有时十个八个，约齐了同一天休息保姆一般两星期休息一次，结伴去逛北海，逛颐和园逛大栅栏，逛百货大楼。她们很快就学会了说北京话，但在一起时都还是说无为话，叽叽呱呱，非常热闹。小芳到北京，是来找她的妹妹的。妹妹小华头年先到的北京。

小芳离家仓促，也没有和妹妹打个电报。妹妹接到她托别人写来的信，知道她要来，但不知道是哪一天，不知道车次、时间，没法去接她。小芳拿着妹妹的地址，一点办法没有。问人，人不知道。北京那么大，上哪儿找去？小芳在北京站住了一夜。后来是一个解放军战士把她带到妹妹所在那家的胡同。小华正出来倒垃圾，一看姐姐的样子，抱着姐姐就哭了。小华的“主家”人很好，说“叫你姐姐先洗洗，吃点东西。”

小芳先在一家待了三个月，伺候一个瘫痪的老太太。老太太倒是很喜欢她。有一次小芳把碱面当成白糖放进牛奶里，老太太也并未生气。小芳不愿意伺候病人，经过辗转介绍，就由她妹妹带到了我们家，一待就这么长的时间，关系一直很好。

小芳长得相当好看，高个儿，长腿，眉眼都不粗俗。她曾经在木田的照相馆照过一张相，照相馆放大了，陈列在橱窗里。她父亲看见了，大为生气：“我的女儿怎么可以放在这里让大家看？”经过严重的交涉，照相馆终于同意把照片取了下来。

小芳很聪明，她的耳音特别的好，记性也好，不论什么歌、戏，她听一两遍就能唱下来，而且唱得很准，不走调。这真是难得的天赋。她会唱庐剧。庐剧是无为一带流行的地方戏。我问过小华“你姐姐是怎么学会庐剧的”——“村里的广播喇叭每天在报告新闻之后，总要放几段庐剧唱片，她听听，就会了。”木田镇有个庐剧团，小芳去考过。团长看她身材、长相、嗓音都好，可惜没有文化——小芳一共只念过四年书，也不识谱，但想进了团可以补习，就录取了她。小芳还在庐剧团唱过几出戏。她父亲知道了，坚决不同意，硬逼着小芳回了家。木田的庐剧团后来改成了县剧团，小芳的父亲有点后悔，因为到了县剧团就可以由农村户口转为城市户口，吃商品粮。小芳如果进了县剧团，她一生的命运就会有很大的不同，她是很可能唱红了的。庐剧的曲调曲折婉转，如泣如诉。她在老太太家时，有时一个人小声地唱，老太太家里人问她：“小芳，你哭啦？”——“我没哭，我在唱。”

小芳在我们家干的活不算重。做饭，洗大件的衣裳，这些都不要她管。她的任务就是看卉卉。小芳看卉卉很精心。卉卉的妈读研究生，住校，一个星期才回来一次，卉卉就全交给小芳了。城市育儿的一套，小芳都掌握了。按时给卉卉喝牛奶，吃水果，洗澡，换衣裳。每天上午，抱卉卉到楼下去玩。卉卉小时候长得很好玩，很结实，胖乎乎的，头发很浓，皮肤白嫩，两只大眼睛，谁见了都喜欢，都想抱抱。小芳于是很骄傲，小芳老是褒贬别人家的孩子："难看死了！"好像天底下就是她的卉卉最好。卉卉稍大一点，就带她到附近一个工地去玩沙土，摘喇叭花、狗尾巴草。每天还一定带卉卉到隔壁一个小学的操场上去拉一泡屎。拉完了，抱起卉卉就跑，怕被学校老师看见。上了楼，一进门："喝水，洗手！"卉卉洗手，洗她的小手绢，小芳就给卉卉做饭，蒸鸡蛋羹、青菜剁碎了加肝泥或肉末煮麦片、西红柿面条。小芳还爱给卉卉包饺子，一点点大的小饺子。

下午，卉卉睡一个很长的午觉，小芳就在一边整理卉卉的衣裳，缀缀线头松动的扣子，在绽开的衣缝上缝两针，一面轻轻地哼着庐剧。到后来为自己的歌声所催眠，她一也困了，就靠在枕头上睡着了。

晚上，抱着卉卉看电视。小芳爱看电视连续剧、电影、地方戏。卉卉看动画片，看广告。卉卉看到电视里有什么新鲜东西，童装、玩具、巧克力，就说："我还没有这个呢！"她认为凡是她还没有的东西，她都应该有。有一次电视里有一盘大苹果，她要吃。小芳跟她解释："这拿不出来。"卉卉于是大哭。

卉卉有很多衣裳——她小姑、我的二女儿，就爱给她买衣裳，很多玩具。小芳有时给她收拾衣服、玩具，会发出感慨："卉卉的命好，我的命不好。"

小芳教卉卉唱了很多歌。

大海呀大海，
是我生长的地方。
没有花香，没有树高，
我是一棵无人知道的小草。

小芳唱这些歌，都带有一点忧郁的味道。

她还教卉卉念了不少歌谣。这些歌谣大概是她小时候念过的，不过她把无为字音都改成了北京字音。

老奶奶，真古怪，
躺在牙床不起来。
儿子给她买点儿肉，
媳妇给她打点儿酒，
摸不着鞋，摸不着裤，
套——狗——头！
老头子，
上山抓猴子。
猴子一蹦，
老头没用！

我有时跟卉卉起哄，就说："猴子没蹦，老头有用！"卉卉大叫："老头没用！"我只好承认："好好好，老头没用！"

我的大女儿有一次带了她的女儿芃芃来，她一般都是两个星期来一次。天热，孩子要洗澡，卉卉和芃芃一起洗。澡盆里放了水，让她们自己在水里先玩一会。芃芃把卉卉咬了三口，卉卉大哭。咬得很重，三个通红的牙印。芃芃小，小芳不好说她什么，我的大女儿在一边，小芳也不好说她什么，就对卉卉的妈大发脾气："就是你！你干吗不好好看着她！"卉卉的妈只好苦笑。她在心里很感激小芳，卉卉被咬成这样，小芳心疼。

有一次，小芳在厨房里洗衣裳，卉卉一个人在屋里玩。她不知怎么把门关上了，自己不会开，出不来，就在屋里大哭。小芳进不去，在门外也大哭，一面说："卉卉！卉卉！别怕！别怕！"后来是一个搞建筑的邻居，拿了斧子凿子，在门上凿了一个洞。小芳把手从洞里伸进去，卉卉一把拽住不放。门开了，卉卉扑在小芳怀里。小芳身上的肉还在跳。门上的这个圆洞，现在还在。

卉卉跟阿姨很亲，有时很懂事。小芳有经痛病，每个月总要有两天躺着，卉卉就一个人在小床里玩洋娃娃，玩积木，不要阿姨抱，也不吵着要下楼。小华每个月要给小芳送益母草膏、当归丸。卉卉都记住了。小华一来，卉卉就问她“你是给小芳阿姨送益母草膏来了吗？”她的洋娃娃病了，她就说：“吃一点益母草膏吧！吃一点当归丸吧！”但卉卉有时乱发脾气，无理取闹。她叫小芳：“站到窗户台上去！”

小芳看看窗户台：“窗户台这么窄，我站不上去呀！”

“站到床栏杆上去！”

“这怎么站呀？”

“坐到暖气上去！”

“烫！”

“到厨房呆着去！”

小芳于是委委屈屈地到厨房里去站着。

过了一会，卉卉又非常亲热地喊“阿姨！小芳阿姨！”小芳于是高高兴兴地回到她们俩所住的屋里。

一个两岁的孩子为什么会有这种古怪的恶作剧的念头呢？这在幼儿心理学上怎么解释？

小芳送卉卉上幼儿园。她拿脚顶着教室的门，不让老师关，她要看卉卉。卉卉全不理会，头也不回，蹭蹭蹭蹭，走近她自己的小板凳，坐下了。小芳一个人回来。她的心里空了一块。

小芳的命是不好。她才六个月，就由奶奶做主，许给了她的姨表哥李德树。她从小就不喜欢李德树，越大越不喜欢。李德树相貌委琐。他生过瘌痢，头顶上有一块很大的秃疤，亮光光的，小芳看见她就讨厌。李德树的家境原来比小芳家要好些，但是他好赌，程家湾、木田的赌场只要开了，总会有他。赌得只剩下三间土房。他不务正业，田里的草长得老高。这人是个二流子，常常做出丢脸的事。

小芳十五岁的时候就常一个人到山上去哭。天黑了，她妈妈在山下叫她，她不答应。她告诉我们，她那时什么也不怕，狼也不怕。她自杀过一次，喝农药，被发现了，送到木田医院里救活了。中国农村妇女自杀，过去多是投河、上吊，自从有了农药，喝农药的多，这比较省事。乡镇医院对急救农药中毒大都很有经验了。她后来在枕头下面藏了两小瓶敌敌畏，小华知道。小华和姐姐睡一床，随时监视着她。有一次，小芳到村外大河去投水，她妹妹拼命地追上了她，抱着她的腿。小芳揪住妹妹头发，往石头上碰，叫她撒手。小华的头被磕破了，满脸是血，就是不撒手："姐！我不能让你去死！你嫁过去，好赖也是活着，死了就什么也没有了"。

小芳到底还是和李德树结婚了。领结婚证那天，小芳自己都没去，是她父亲代办的。表兄妹是不能结婚的，近亲结婚是法律不允许的。这个道理，小芳的奶奶当然不知道，她认为这是亲上做亲。小芳的父亲也不知道。小芳自己是到了我们家之后，我的老伴告诉她，她才知道的。办理结婚登记手续的村干部应该知道，何况本人并未到场，怎么可以就把结婚证发给他们呢？

李德树跟邻居借了几件家具，把三间土房布置一下，就算办了事。小芳和李德树并未同房。李德树知道她身上揣着敌敌畏，也不敢对她怎么样。小芳一天也过不下去，就天天回家哭。哭得父亲心也软了。小华后来对我们说："究竟是亲骨肉呀。"父亲说："那你走吧。不要从家里走。李德树要来要人。"小芳乘李德树出去赌钱，收拾了一点东西，从木田坐汽车到合肥，又从合肥坐火车到了北京。她实际上是逃出来的。

小芳在我们家待了一些时，家乡有人来，告诉小芳，李德树被抓起来了。他和另外四个痞子合伙偷了人家一头牛，杀了吃了，人家告到公安局，公安局把他抓进去了。小芳很高兴，她希望他永远不要放出来。这怎么可能呢？偷牛判不了无期。

李德树到北京来了！他要小芳跟他回去。他先找到小华，小华打了个电话给小芳。李德树有我们家的地址，他找到了，不敢上来，就在楼下转。小芳下了楼，对他说："你来干什么？我不能跟你回去！"楼下有几个小保姆，知道小芳的事，就围住李德树，把他骂了一顿："你还想娶小芳，瞧你那德行！""你快走吧！一会公安局就来人抓你！”李德树竟然叫她们哄走了。

过些日子，小芳的父亲来信，叫小芳快回来。李德树扬言，要烧他们家的房子，杀她的弟弟，她妈带着她弟弟躲进了山里。小芳于是下决心回去一趟。小芳这回有了主见了，她在北京就给木田法院写了一封信，请求离婚，并寄去离婚诉讼所需费用。

小芳在合肥要下火车，车进站时，她发现李德树在站上等着她。小芳穿了一件玫瑰红人造革的短大衣，半高跟皮鞋，戴起墨镜，大摇大摆从李德树面前走过，李德树竟没认出来！

小芳坐上往木田的汽车一直回到家里。

李德树伙同几个朋友，就是和他一同偷牛的几个痞子，半夜里把小芳抢了出来。小芳两手抱着一棵树，大声喊叫：“卉卉！卉卉！”——喊卉卉干什么？卉卉能救你么？

李德树让他的嫂子看着小芳。嫂子很同情小芳。小芳对嫂子说：“我想到木田去洗个澡。”嫂子说：“去吧。”小芳到了木田，跑到法院去吵了一顿：“你们收了我的钱，为什么不给我办离婚？”法院不理她。小芳就从木田到合肥坐火车到北京来了。

我们有个亲戚在安徽，和省妇联的一个负责干部很熟。我们把小芳的情况给那亲戚写了一封信，那位亲戚和妇联的同志反映了一下，恰好这位同志要到无为视察工作，向木田法院问及小芳的问题。法院只好受理小芳的案子，判离，但要小芳付给李德树九百块钱。

小芳的父亲拿出一点钱，小芳拿出她的全部积蓄，小华又帮她借了一点钱，陆续偿给了李德树，小芳自由了。

李德树拿了九百块钱，很快就输光了。

小芳离开我们家后，到一家个体户的糖果糕点厂去做糖果，在丰台。糕点厂有个小胡，是小芳的同乡，每天蹬平板三轮到市里给各家送货。小芳有一天去看妹妹，带了小胡一起去。小华心里想：你怎么把一个男的带到我这里来了？是不是他们好了？看姐姐的眼睛，就是的。悄悄地问："你们是不是好了？"姐姐笑了。小华拿眼看了看小胡，说："太矮了！"小芳说："矮一点有什么关系，要那么高干什么？"据小华说："我姐喜欢他有文化。小胡读过初中。她自己没有文化，特别喜欢有文化的人。"

还得小胡回去托人到小芳家说媒。私订终身是不兴的。小胡先走两天，小芳接着也回了家。

到了家，她妈对她说："你明天去看看三舅妈，你好久没看见她了，她想你。"小芳想，也是，就提了一包糕点厂的点心去了。

去了，才知道，哪是三舅妈想她呀，是叫她去让人相亲。程家湾出了个万元户。这人是靠倒卖衣裳发财的。从福建石狮贩了衣服，拆掉原来的商标，换上假名牌。一百元买进，三百元卖出。这位倒爷对小芳很中意，说小芳嫁给他，小芳家的生活他包了，还可供她弟弟上学。小芳说："他就是亿万富翁，我也不嫁给他！"她妈说："小胡家穷，只有三间土房。"小芳说："穷就穷点，只要人好！"

小芳和小胡结了婚，一年后生了个女儿，取名也叫卉卉。

我们的卉卉有很多穿过的衣裳，留着也没有用，卉卉的妈就给小芳寄去，寄了不止一次。小芳让她的卉卉穿了寄去的衣裳照了一张相寄了来。小芳的卉卉像小芳。

家里过不下去，小芳两口子还得上北京来，那家糖果糕点厂还愿意要他们。

小芳带了小胡上我们家来。小胡是矮了一点。其实也不算太矮，只是因为小芳高，显得他矮了。小胡的样子很清秀，人很文静，像个知识分子。小芳可是又黑又瘦，瘦得颧骨都凸出来了，神情很憔悴。卉卉已经上幼儿园大班，不怎么记得小芳了，问小芳："你就是带过我的那个阿姨吗？"小芳一把把她抱了起来，卉卉就粘在小芳身上不下来。

不到一年，小芳又回去了，她想她的女儿。

过不久，小胡也回去了，家里的责任田得有人种。

小芳小产了两次。医生警告她："你不能再生了，再生就有危险！”小芳从小身体就不好。小芳说：“我一定要给他们家留一条根！”小芳终于生了一个儿子，小华说：“这孩子是他们家的一条龙！”

小芳一直很想卉卉。她来信要卉卉的照片，卉卉的妈不断给她寄去。她要卉卉的录音，卉卉的妈给她录了一盘卉卉唱歌讲故事的磁带。卉卉的妈叫卉卉跟小芳说几句话。卉卉扭扭捏捏地说：“说什么呀？”——“随便！随便说几句！”卉卉想了想，说：“小芳阿姨，你好吗？我很想你，我记得你很多事。”

听小华说，小芳现在生活很苦，有时连盐都没有。没盐了，小胡就拿了网，打一二斤鱼，到木田卖了，买点盐。

我问小华：“小芳现在就是一心只想把两个孩子拉扯大了？”

小华说：“就是。”

小芳现在还唱庐剧吗？

可能还会唱，在她哄孩子睡觉的时候。

一九九一年五月二十一日

要　账

张老头八十六了（我很反对把所有数目字都改成阿拉伯字，那样很别扭），身体还挺好，只是耳朵聋，有时糊涂。有一次他一个人到铁匠营去，找不到自己的家了。他住在蒲黄榆，从蒲黄榆到铁匠营只有半站地。从此他就不往离他的家十步以外的地方蹓跶。他总是在他所住的居民楼的下面的墙根底下坐着，除了刮大风，下雨，下雪。带着他的全部装备：一个马扎，一个棉垫子，都用麻绳吊在一起；一个紫红色的尼龙绸口袋，里面装的是眼镜盒，——他其实不看报，烟卷——他抽的是最次的烟，烟嘴、火柴……他手指上戴了三四个黄铜的戒指，纽扣孔里拖出一条钥匙链，一头塞在左上角衣兜里，仿佛这是一个怀表，——他“感觉”这就是怀表。他的腕子上经常套着山桃核的手串；有时是山核桃的，有时甚至是一串算盘珠。除了回家吃饭，他一天就这么坐着。

他不是一段木头，是一个人。是人，脑子里总要想一些事。

这几个月来他天天想的一件事是他要到天津跟老李要账。老李欠他五十块钱，他要去要回来。他跟他的二儿子说，叫儿子陪他上天津去。儿子说：“老李欠你五十块钱，我怎么没听说过？这是哪儿的事呀？”——“你知不道！那是俺们在天津‘跑腿儿’（过去有那么一路人，人家有什么事，他去帮忙打杂，叫做“跑腿儿”）时候的事，你知不道，你还年轻！”儿子被他纠缠不过，只好陪他上了一趟天津，七拐八弯到处打听，总算把老李找到了。

李老头也八十多了。

老哥俩见面倒还都认识。

奉了茶，敬了烟，李老头说：“张大哥身子骨还挺硬朗？”

“硬朗着哪！”

“您咋会上天津来啦？有事？找人？”

“有事！找人！”

“找谁？”

“找你！

“找我有什么事？”

“找你要账。”

“找我要账？我欠你的账？”

“欠。”

“什么时候我欠过你的账？”

“那年，还是在咱们跑腿儿的时候，咱们合计过，合伙开一个煤铺，有这事没有？”

“有。”

“咱们合计，一个拿出五十块钱，有这事没有？”

“有。”

“你没拿这五十块钱，是不？”

“这事没有弄成，吹了。”

“管他吹了不吹了。你答应拿出五十块钱，你没拿，你欠我五十块钱，这钱你得还我。”

“你也答应拿五十块钱，你也没拿呀！”

“那是我的事，你不用管。你还我钱。”

两个老头吵得不可开交，只好上派出所去解决。

值班的民警听了两个老头的申诉，说：“李老头和张老头合计合伙开煤铺，李老头答应拿出五十块钱，李老头没拿，李老头欠张老头五十块钱。现在判决李老头拿出五十块钱还给张老头。”

张老头胜诉，喜笑颜开。李老头只好拿出五十块钱，心里不服。

值班民警继续说：“张老头答应拿出五十块钱，也没有拿，张老头欠李老头五十块钱，就该偿还。现决定，张老头将李老头还给张老头的五十块钱还给李老头。现在，谁也不欠谁的钱了，问题就这样解决了，你们都回去吧。”

张老头从天津回到北京，一直想不通，他一直认为李老头欠他的钱，整天想这件事。

张老头再活十年没有问题，他会想这件事想十年。

载一九九四年三月二日《平顶山时报》

祁茂顺

祁茂顺在午门历史博物馆蹬三轮车。

他原先不是蹬车的，他有手艺：糊烧活，裱糊顶棚。

单件的烧活，接三轿马，一个人鼓捣一天，就能完活。祁茂顺在家里糊烧活，他家的门敞着，为的是做活有地方，也才豁亮。他在糊烧活的时候，总有一堆孩子围着看。糊得了，就在门外放着：一匹高头大白马——跟真马一样大，金鞍玉辔紫丝缰；拉着一辆花轱辘轿子车，蓝车围，紫红软帘，软帘贴着金纸的团寿字。不但是孩子，就是路过的大人也要停步看看，而且连声赞叹："地道！祁茂顺心细手巧！"

三进大厅、亭台楼阁、花园假山……一个人忙不过来，就得约两三个同行一块干。订烧活的规矩，事前不付定钱，由承活的先凑出一份钱垫着，好买色纸、秫秸、金粉、银粉、鳔胶、糨糊。交活的时候再收钱。早先订烧活，都是老式的房屋家具，后来有要糊洋房的，要糊小汽车、摩托车、收音机、电风扇的……人家要什么，他们都能糊出来。后来订烧活的越来越少了，都兴火葬了．谁家还会弄一堂"车船轿马"到八宝山去？

祁茂顺主要的活就剩下裱糊顶棚了。后来，糊顶棚的活也少了。北京的平房讲究"灰顶花砖地"。纸糊的顶棚很少见了——容易坏，而且招蟑螂，招耗子。钢筋水泥的楼房更没有谁家糊个纸顶棚的。

祁茂顺只好改行。

午门历史博物馆原来编制很小，没有几个职员，不知道为什么，却给馆长配备了一辆三轮车，用以代步。经人介绍，祁茂顺到历史博物馆来蹬三轮车。馆长姓韩。祁茂顺每天一早蹬车接韩馆长上班，中午送他回家吃饭，下午再接他到馆里，下班送他回家。韩馆长是个方正守法的人，除了上下班，到什么地方开会，平常不为私人的事用车，因此祁茂顺的工作很轻松。

祁茂顺很爱护这辆三轮车，总是擦洗得干干净净的。晚上把车蹬回家，锁上，不许院里的孩子蹬着玩。

不过街坊邻居有事求他，他总是有求必应的。隔壁陈大妈来找祁茂顺。“茂顺大哥，你大兄弟病了，高烧不退，想麻烦您送他上一趟医院，不知您的车这会儿得空不得空？

“没事，交给我了！”

祁茂顺把病人送到医院。挂号、陪病人打针、领药，他全都包了。

祁茂顺人缘很好。

离祁茂顺家不远，住着一家姓金的。他是旗人皇室宗亲，是“世袭罔替”的贝勒，行四。旗人见面时还称他为“四贝勒”，街坊则称之为“金四爷”。辛亥革命后，旗人再也不能吃皇粮了。旗人不治产业，不会种地，不会经商，不会手艺，坐吃山空，日渐穷困。四贝勒怎么生活呢？幸好他的古文底子很好，又学过中医，协和医学院典籍教研室知道他，特约他校点中医典籍。这样他就有了稳定的收入，吃麻酱面没有问题。他过过豪华的日子，再也不能摆贝勒的谱，有麻酱面他就知足。——不过他吃一碟水疙瘩还得切得像头发丝那么细。

他中年丧偶，无儿无女，只有——个侄女帮他做做饭，洗洗衣裳。

贝勒府原是很大的四合院，后来大部分都卖给同仁堂乐家当了堆放药材的栈房。他只保留了三间北房。

三间北房，两个人，也够住的了。金四爷还保留一些贝勒的习惯。他不爱“灰顶花砖地”，爱脚踩方砖，头上是纸顶棚，四白落地。

上个月下雨，顶棚漏湿了，垮下了一大片。金四爷找到了祁茂顺，说：

“茂顺，你给我把顶棚裱糊一下。”

祁茂顺说：“行！星期天。”

祁茂顺星期天一早就来了，带了他的全套工具：棕刷子，棕笤帚，一盆稀稀的糨子，一大沓大白纸。这大白纸是纸铺里切好的，四方的，每一张都一样大小，不需要用时现裁。

金四爷看着祁茂顺做活。

只见他用棕刷子在大白纸上蹭蹭两刷子．轻轻拈起来，用棕笤帚托着，腕子一使劲，大白纸就“吊”上了顶棚。棕笤帚抹两下，大白纸就在顶棚上待住了。一张一张大白纸压着韭菜叶宽的边，平平展展、方方正正、整整齐齐。拐弯抹角用的纸也都用眼睛量好了的，不宽不窄，正合适。棕笤帚一抹，连一点褶子都没有。而且，用的大白纸正好够数，不多一张，不少一张。连糨子都正好使完，没有一点糟践。金四爷看着祁茂顺的“表演”，看得傻了，说：“茂顺，你这两下子真不简单，眼睛、手里怎么能有那么准？”

“也就是个熟。”

“没有个三年五载，到不了这功夫。”

“那倒是。”

金四爷给祁茂顺倒了一杯沏了两开的热茶。祁茂顺尝了一口：“好茶！还是叶和元的双窨香片？”

“喝惯了。”

祁茂顺告辞。

“茂顺，别走，咱们到大酒缸喝两个去。”（大酒缸用的都是豆绿酒碗，一碗二两，叫作“一个”。）

“大酒缸？现在上哪儿找大酒缸去？”

“八面槽不就有一家吗？他们的酥鱼做得好。”

“金四爷，你这可真是老皇历了。八面槽大酒缸早都没了。现在那儿改了门脸儿，卖手表照相机。酥鱼？可着北京，现在大概都找不出一碟酥鱼！”

“大酒缸没有了？”

“没有喽。”

金四爷喝着茶，连说了几句：“大酒缸没有了。大酒缸没有了。”

很难说得清他的话是什么意思。

载一九九四年第三期《美文》

唐门三杰

《淮南子·泰族训》:“故智过万人者谓之英，千人者谓之俊，百人者谓之豪，十人者谓之杰。”《诗·周颂·载芟》:“有厌其杰。”孔颖达疏:“厌者苗茂盛之貌。杰，谓其中特美者。”

唐老大、唐老二、唐老三。唐杰秀、唐杰芬、唐杰球。他们是“门里出身”，坐科时学的就是场面。他们的老爷子就是场面。他们学艺的时候，老爷子认为他们还是吃场面饭。要嗓子没嗓子，要扮相没扮相，想将来台上唱一出，当角儿，没门！还是傍角儿，干场面。来钱少，稳当！有他在，同行有个照应，不会给他们使绊子，给小鞋穿。出了科，哥仨在一个剧团做活。老大打鼓，老二打大锣，老三打小锣。

我认识唐老大时他还在天坛拔草。是怎么回事呢？同性恋。他去女的。他是个高个子，块头不小，却愿意让人弄其后庭，有这口累。有人向人事科反映了他的问题。怎么处理呢？没什么文件可以参考。人事科开了个小会，决定给予行政处分，让他去拔草，这也算是在劳动中改造。拔了半个月草，又把他调回来了，因为剧团需要他打鼓。他打鼓当然比不了杭子和、白登云，但也打得四平八稳，不大出错。他在剧团算是一号司鼓。这几年剧团的职务名称雅化了。拉胡琴的原来就叫“拉胡琴的”，或者简称“胡琴”，现在改成了“操琴”，打鼓的原来叫作“打鼓佬”，现在叫“司鼓”。有些角儿愿意叫他司鼓，有几出名角合作的大戏更得找他。这样角儿唱起来心里才踏实。唐老大在梨园行“有那么一号”。

他回剧团跟大家招呼招呼，就到练功厅排戏，抽出鼓箭子，聚精会神，若无其事。这种“男男关系”在梨园行不算什么大不了的事。只有在和谁意见不合，吵起来了（这种时候很少），对方才揭他的短：“到你的天坛，拔你的草去吧！”唐杰秀“不以为然”（剧团的话很多不通，“不以为然”的意思不是说对事物持不同看法，而是不当一回事；这种不通的话在京剧界全国通行），只是说：“你管得着吗！”

唐杰秀是剧团第一批发展的党员，是个老党员了。怎么会把他发展成党员？他并不关心群众。“群众”（几个党员都爱称未入党的人为“群众”，这意味着他们在政治上比群众要高一头）有病，他不去看看。“群众”生活上有困难，他“管不着”。他开会积极，但只是不停地在一个笔记本上记录领导讲话。他到底记了些什么？不知道。他真的只是听会，极少发言。偶尔重复领导意见，但说不出一句整话。他有点齉鼻儿，说起话来呜噜呜噜的，简直不知道说什么。为什么发展他，找不到原因。也许因为他不停地记笔记？也许因为他说不出一句整话？

他很注意穿着。内联升礼服呢圆口便鞋，白单丝袜。到剧团、回家，进门就抄起布掸子，浑身上下抽一通，擦干掸净。夏天，穿了直罗长裤。直罗做外裤，只有梨园界时兴这种穿法。

他自奉不薄，吃喝上比较讲究，左不过也只是芝麻酱拌面、炸酱面。但是芝麻酱面得炸一点花椒油，顶花带刺的黄瓜。炸酱面要菜码齐全：青蒜、萝卜缨、苣荬菜、青豆嘴、白菜心、掐菜……他爱吃天福号的酱肘子。下班回家，常带一包酱肘子，挂在无名指上，回去烙两张荷叶饼一卷，来一碗棒碴粥，没治！酱肘子只他一个人吃，孩子们，干瞧着。他觉得心安理得，一家子就指着他一个人挣钱！

说话到了“文化大革命”。“文化大革命”是大倒退、大破坏、大自私。最大的自私是当革命派，最大的怯懦是怕当当权派，当反动派。简单地说，为了利己，大家狠毒地损人。

唐杰芬外号“二喷子”，是说他满口乱喷，胡说八道。他曾随剧团到香港演出，看到过夏梦，说：“这他妈的小妞儿！让她跟我睡一夜，油炸了我都干！”“油炸”“干煸”，这在后来没有什么，在二喷子说这样话的当时却颇为悲壮。

唐杰秀也“革命”，他参加了一个战斗组，也跟着喊“万岁”，喊“打倒”，“大辩论”也说话，还是呜哩呜噜，不知道说了些什么。他还是记笔记，现在又加了一项，抄大字报。不知道抄些什么。大家都知道，他的字写得很慢，只有“最新指示”下来时，他可以出一回风头。每次有“最新指示”都要上街游行。乐队前导，敲锣打鼓。剧团乐队的锣鼓比起副食店、百货店的自然要像样得多。唐杰秀把大堂鼓搬出来，两个武行小伙子背着，他擂动鼓槌，迟疾顿挫，打出许多花点子，神采飞扬，路人驻足，都说：“还是剧团的锣鼓！”唐杰秀犹如吃了半斤天福酱肘子，——“文革”期间，天福酱肘子已经停产，因为这是“资产阶级生活方式”。

唐杰球，剧团都叫他“唐混球”。这家伙是个“闹儿”，最爱起哄架秧子，一点点小事，就：“噢哦！噢哦！给他一大哄噢！”他文化程度不高，比不了几个“刀笔”，可以连篇累牍地写大字报，他是“浆子手”（戏台上有“刽子手”）。专门给人刷浆子，贴大字报。“刀笔”写好了大字报，一声令下：“得，浆子手！”他答应一声：“在！——噫！”就挟了一卷大字报，一桶糨糊，找地方贴起来。他爱给走资派推阴阳头，勾上花脸，扎了靠，戴上一只翎子的“反王盔”，让他们在院子里游行。不游行，不贴大字报的时候，就在“战斗组”用一卷旧报纸练字。他生活得很快活，希望永远这么热热闹闹下去。

赶上唐山地震，好几天余震未停。一有震感，在二楼三楼的就蜂拥下楼，在一楼大食堂或当街站着。唐杰芬也混在人群里跟着下楼。忽然有个洋乐队吹小号的一回头：“咳！你怎么这样就下来了！”二喷子没有穿衣服，光着身子，那东西当郎着。他这才醒悟过来，两手捂着往回走。也奇怪，从此他不“喷”了，变得老实了。

谁都可以“揪”人，也随时有可能被“揪”，“×××，出来！”这个人就被揪出组——离开战斗组。

谁都可以审查人，命令该人交代问题，这叫“群众专政”。揪过来，审过去，完全乱了套，“杀乱了”。唐杰球对揪人最热心，没有想到他也被揪出来了。

前已说过，在没有什么热闹时，唐混球就用一沓旧报纸在战斗组练字。他练的字总是那几个：“毛主席万岁”。练完了，还要反复看看，自我欣赏一番。有一天写了一条“毛主席万岁”标语，自己很不满意：“毛主席”的“席”字写得太长，而且写歪了。他拿起笔来用私塾“判仿”的办法在“席”字的“巾”下面打了一个叉。打完叉就随手丢在一边，没当回事。不想和唐杰球同一战斗组的一个人叫大俞潮，趁唐杰球不注意时把这张标语叠起来藏在自己的箱底。事情早过去了，在清队（清理阶级队伍）时大俞潮把唐杰球写的标语找出来交给了军代表。全团大哗，揪出了一桩特大反革命案件！“清队”本来有点沉闷，这一下可好了，大家全都动员起来，忙忙碌碌，异常兴奋。

首先让他“出组”，参加被清查对象的大组学习，交代问题。

让他交代什么呢？他是唐混球。

好不容易写了一篇交代，他请大组的同志给他看看，这样行不行，倒是都看了一遍，都没有说什么。只有一个女演员说：“你这样准通不过！你得上纲，你得说说你为什么对毛主席有仇恨，为什么要在‘席’字的最后一笔打了叉。要写得沉痛，你要深挖，总可以挖出一些别人不知道的思想，要不怕疼，要刺刀见红！”于是，他就挖起来。他说：“我本来想打锣。毛主席搞革命现代戏，我打不成锣了，所以我恨他。”我看过他的交代，在楼梯拐角处小声对唐老大说：“叫你们老三交代要实事求是，不要瞎说。”唐老大含含糊糊。我跟唐老二也说过同样的话，老二说：“管不着！”过了几天，公安局来了人，把他铐走了。

大俞潮这样做真可谓处心积虑，存心害人。为什么呢？他和唐杰球往日无冤，近日无仇。他是洋乐队拉大提琴的，唐混球是打小锣的，业务上井水不犯河水，他干吗给他来这么一手？他自己也没有得什么好处，军代表并没有表扬他。他落得一个结果：谁也不敢理他。见面也点点头，但是“卖羊头肉的回家，不过细盐（言）”，因为捉摸不透这人心里想什么，他为什么把唐老三标语藏了那么多日子，又为什么选择一个节骨眼交出来。大俞潮弄得自己非常孤立。不多日子，他就请调到别的单位去了，很少看到他。

唐杰球到公安局，先是被臭揍了一顿，然后过了几次堂，叫他交代问题，他实在交代不出什么问题。他本来没有什么问题，屎盆子是他自己扣在头上的。在公安局拘留审查了一阵，发到团河劳改农场劳动。一去几年，没有人再过问他的事。他先是度日如年，猫爪抓心，不知道他的问题是个什么结果。到后来“过一天算一日”，一早干活，傍晚吃饭，什么也不想了。

唐杰球关在团河农场劳动的漫长岁月，他的两个哥哥，唐老大、唐老二没有去探视过一次。

他们还算是弟兄吗？

一直到“文化大革命”结束，唐杰球放回来了。他还是打小锣，人变傻了。见人龇牙笑一笑，连话都不说。有人问他前前后后是怎么回事，他不回答，只是一龇牙。

唐老大添了一宗毛病：他把头发染黑了，而且烫了。有人问他：“你染了发？烫了？”他瓮声瓮气地说：“谁教咱们有那个条件呢！”条件，是头发好，不秃。他皮色好，白里透红，——只是细看就看出脸上有密密的细皱纹。他五十几了，挺高的个儿。一头烫得蓬蓬松松的黑头发。看了他的黑发、白脸，叫人感到恶心。

然而，“你管得着吗？”

载一九九六年第四期《天涯》

当代野人（二题）

可有可无的人

谁都是可有可无的。

戏曲界多数演员学戏、唱戏，实在是一场误会，根本不够条件，要嗓子没嗓子，要扮相没扮相，要个头没个头。只是因为几代都是唱戏的，一出娘胎就注定是唱戏的命，别无选择。孩子到了岁数，托托人，就往科班里一送。科班是管吃住的。孩子坐了科，家里就少一张嘴。出了科，能来个活，开个戏份，且比拉洋车、捡破烂强。唱红，是没有指望的。庹世荣就是这样一块料。蹲了八年大狱（科班一般是八年毕业，生活很苦，规矩很严。学戏的都说这是八年大狱），只能当个底包，来个边边沿沿的角，“瀰泩零碎”。后台管事在派角时，总是先考虑别人，剩下的，才在牙笏上写上他凑数。他学的是架子花，至多来个“曹八将”“反王”。他唱“点将”（“点将”本是唢呐曲牌《点绛唇》，因多用于元帅升帐、豪客排山，故通称“点将”。“点将”的通用大字是“将士英豪，儿郎虎豹，军威浩，地动山摇，要把狼烟扫”。但“大字”常不唱，只在最后齐唱“——狼烟扫”。庹世荣亦依常例，不能算错。），有字无音，只在最后一句“要把，狼烟扫”随着别人吼一嗓子。他的“玩艺儿”从来没有得过“好”，只有一次在一个小评剧团赶了一“包”，把评剧管彩匣子的“镇”了一下。评剧原来没有武打，没有勾脸的架子花，为了吸引观众，有时也穿插一两场武戏。武打演员都是从京剧班子里约的。没有“总讲”，更没有“单提”，演员连自己演的人物姓什么叫什么，都不知道，只要记住谁是“正的”，谁是“反的”，上去打一个“小五套”“漫头”“鼻子”，“正的”打“反的”一个抢背，“反的”捣耳瞪眼，作惊恐状，“四记头”亮住，“反的”拖枪急下，“正的”大笑三声：“啊哈，啊哈，啊喝哈哈……追！”“枪下场”或“刀下场”，这一场就算完了。庹世荣勾了脸，管彩匣子的连声赞叹：“还是人家京剧班的，这脸勾得多干净！”这件事庹世荣屡屡提起，正如他的名字，是一世之荣。就算他的脸勾得不错，这又有什么了不起呢？

新中国成立后，他参加了国营剧团。国营剧团定员、定工资，庹世荣有了固定收入，每月月初拿戳子到会计室领钱，再不用一晚上四处赶包，生活安定了。吃食上也好多了，除了熬白菜、炒麻豆腐，间长不短的来一顿炖肉。他爱吃猪下水、肠子、肚子、猪心、肺头，吃起来没个够。大夫跟他说："这不是什么好东西，高胆固醇。"——"管那个呢！"照吃不误。他有时一晚上没有活，也不用说戏排戏，进门应个卯，得机会就出去满世界遛弯，买点俏货，到南横街"小肠陈"来两个卤煮火烧，垫补垫补。时不常地，也到练功厅练练功。他的开蒙老师常说："'艺术''艺术'，有艺还得有术。""艺术"还可以这样拆开来讲，这是京剧界的一大发明。怎么练，他的功也不会长了，但是活动活动也有好处，——吃饭香。他的练功，不过是拉个山膀，踢踢脚，耗耗腿，"大跟头"是绝对不翻了。他过得很舒坦，很满足。

"文化大革命"，他忽然出了一次大风头。他写不出大字报，也不能参加大辩论。但是他还是很积极，跑进跑出，传递消息，跟着喊"万岁"，喊"打倒"，满脸通红，浑身流汗。革命战士逐渐形成两大派，甲派和乙派，成天打派仗。庹世荣经过观察考虑，决定参加甲派效力，在热火朝天的漩涡中乱转。

一辆“解放”牌疾驰而来，在剧团门口停住，从车上跳下几个乙派，还有几个着军装，扎皮带，套着大红袖箍的红卫兵，闯进牛棚，把几个走资派推推搡搡押上车。原来乙派勾结了“西纠”（红卫兵西城纠察队），要把走资派劫走。甲派战士蜂拥冲出大门，坚决不同意他们押走走资派。“西纠”所以支持乙派，押走剧团走资派，因想通过批斗剧团走资派，揪出本市乃至中央的走资派，立一大功。甲派不同意劫走走资派，是因为走资派都没有了，还叫他们批斗谁？那甲派就完蛋了。双方展开激烈的争辩，剑拔弩张。一个“西纠”小头领对司机下了命令：“开走！别管他们！”正在千钧一发之际，庹世荣挟了一条席子往汽车前一铺：“开走？姥姥！”他往席子上一躺：“有种的从我身上轧过去！”司机犯不上为这么点事招惹一场人命，没有开动。甲派几个战士跳上车，把本团走资派夺下来，押回牛棚去了。司机倒车，从另一条路走了。

庹世荣这一壮举使全团为之刮目相看。不怕一万，就怕万一,万一司机是个混愣的小伙子，真把车开过来，庹世荣可是吃什么也不香了。

庹世荣的形象高大起来，他自己也觉得俨然是黄继光、董存瑞式的英雄，进进出出，趾高气扬。

但是好景不长，没有多少日子，他身上耀眼的光辉就暗淡了。他参加了革委会，无建树。后来又参加“五·一六”的调查、逼供信，愣把一个三八式的干部逼得承认自己是“五·一六”。但是“五·一六”是“文革”中的一大糊涂公案，根本是“老虎闻鼻烟，没有那八宗事”。他还回演员队演曹八将，吼半句“要把狼烟扫”，谁也不承认他真的是黄继光、董存瑞。

他得了病，血压高得异乎寻常，低压一百二，高压二百三。医生告诫他不能再吃肉。有时家里吃炖肉，他媳妇给他买两根顶花带刺的嫩黄瓜。这两根黄瓜给了他很大安慰：在家里，他还算个人物。

他死了，死于多种病并发症。一个也是唱架子花脸的二路角演员说医院的护士长告诉他，说：“你们那位庹同志，给他验血，抽了一试管血，竟有半试管是油！”这似乎不大可能。

要给他开追悼会，他媳妇不同意马上开，她提出条件，要追认庹世荣为党员。她以为如果老庹被追认为党员，则在分房子、子女就业等问题上，就会得到照顾。

她的想法不是毫无道理，但是新产生的党委会没有同意，认为他不够党员条件。

遗体告别，生前友好大部分都去了，庹世荣比平常瘦小了好些，他抽抽了。

一九九六年五月二十七日

载一九九六年第六期《当代》

吃　饭

关荣魁行二，他又姓关，后台演员戏称他为关二爷，或二爷。他在科班学的是花脸，按说是铜锤、架子两门抱。他会的戏不少，但都不“咬人”。演员队长叶德麟派戏时，最多给他派个“八大拿”里的大大个儿、二大个儿、何路通、金大力、关泰。他觉得这真是屈才！他自己觉得“好不了角儿”，都是由于叶德麟不捧他。剧团要排“革命现代戏”《杜鹃山》，他向叶德麟请战，他要演雷刚。叶德麟白了他一眼：“你？”——“咱们有嗓子呀！”——“去去去，一边儿凉快去！”关二爷出得门来，打了一个“哇呀”：“有眼不识金镶玉，错把茶壶当夜壶，哇呀……”

关二爷在外面，在剧团里虽然没多少人捧他，在家里可是绝对权威，一切由他说了算。据他说，想吃什么，上班临走给媳妇嘱咐一声。

“是米饭、炒菜，是包饺子——韭菜的还是茴香的，是煎锅贴儿、瓠塌子，——熬点小米粥或者棒碴儿粥、小酱萝卜，还是臭豆腐……”

“她要是不给做呢？”

“那就给什么吃什么呗！”

关二爷回答得很麻利。

“哦，力巴摔跤（北京的歇后语：力巴伴跤——结嘛吃嘛）！”

申元镇会的戏很多，文武昆乱不挡，但台上只能来一个中军、家院，他没有嗓子。他要算一个戏曲鉴赏家，甭管是老生戏、花脸戏，什么叫马派、谭派，哪叫裘派，他都能说得头头是道。小声示范，韵味十足。只是大声一唱，什么也没有！青年演员、中年演员，很爱听他谈戏。关二爷对他尤其佩服得五体投地，老是纠缠他，让他说裘派戏，整出整出地说，一说两个小时。说完了“红绣鞋”牌子，他站起要走，关二爷拽着他：“师哥，别走！师哥师哥，再给说说！师哥师哥！……”——“不行，我得回家吃饭！”别人劝关二爷，“荣魁，你别老是死乞白赖，元镇有他的难处！”大家交了交眼神，心照不宣。

申元镇回家，媳妇拉长着脸：“饭在锅里，自己盛！”

为什么媳妇对他没好脸子？因为他阳痿。女人曾经当着人大声地喊叫：“我算倒了血霉，嫁了这么个东西，害得我守一辈子活寡！”

但是他们也一直没有离婚。

叶德麟是唱丑的，“玩艺儿”平常。嗓子不响堂，逢高不起，嘴皮子不脆，在北京他唱不了方巾丑、袍带丑，汤勤、蒋干，都轮不到他唱；贾桂读状，不能读得炒蹦豆似的；婆子戏也不见精彩；来个《卖马》的王老好、《空城计》的老军还对付。老是老军、王老好，吃不了蹦虾仁。树挪死，人挪活，他和几个拜把子弟兄一合计：到南方去闯闯！就凭“京角”这块金字招牌，虽不能大红大紫，怎么着也卖不了胰子（北京的军乐队，混不下去解散了，落魄奏乐手只能拿一支小号在胡同吹奏，卖肥皂，戏班里称他们“卖胰子”）。到杭嘉湖、里下河一带去转转，捎带着看看风景，尝尝南边的吃食。商定了路线，先到济南、青岛，沿运河到里下河，然后到杭嘉湖。说走就走！回家跟媳妇说一声，就到前门车站买票。

南方山明水秀，吃食各有风味。镇江的肴肉、扬州富春的三丁包子、嘉兴的肉粽、宁波的黄鱼鲞笃肉、绍兴的梅干菜肉，都蛮“崭”。使叶德麟称道不已的是在高邮吃的昂嗤鱼氽汤，味道很鲜，而价钱极其便宜。

南方饭菜好吃，戏可并不好唱。里下河的人不大懂戏，他们爱看《九更天》《杀子报》这一类剖肚开膛剁脑袋的戏，对“京字京韵”不欣赏。杭嘉湖人看戏要火爆，真刀真枪，不管书文戏理。包公竟会从三张桌上翻“台漫”下来。观众对从北京来的角儿不满意，认为他们唱戏“弗卖力”。哥几个一商量：回去吧！买了一些土特产，苏州采芝斋的松子糖、陆稿荐的酱肘子、东台的醉泥螺、扁尖笋、黄鱼鲞、梅干菜，大包小包，瓶瓶罐罐上了火车。刨去路费，所剩无几。

进了门，洗了一把脸，就叫媳妇拿碗出门去买芝麻酱，带两根黄瓜、一块豆腐一瓶二锅头。嚼着黄瓜喝着酒，叶德麟喟然有感：回家了！

“要饱还是家常饭”，叶德麟爱吃面，炸酱面、打卤面、芝麻酱花椒油拌面，全行。他爱吃拌豆腐，就酒。小葱拌豆腐、香椿拌豆腐，什么都没有，一块白豆腐也成，撒点盐、味精，滴几滴香油！

叶德麟这些年走的是“正字”。他参加了国营剧团。他谢绝舞台了，因为他是个汗包，动动就出汗。连来个《野猪林》的解差都是一身汗，连水衣子都湿透了。他得另外走一条路。他是党员，解放初期就入了党。台上没戏，却很有组织行政才能。几届党委都很信任他。他担任了演员队队长。演员队长，手里有权。日常排戏、派活，外出巡回演出、“跑小组”，谁去，谁不去，都得由他决定。谁能到中南海演出，谁不能去，他说了算。到香港演出、到日本演出，更是演员都关心，都想争取的美事，——可以长戏份、吃海鲜、开洋荤、看外国娘们，有谁、没谁，全在队长掂量。叶队长的笔记本是演员的生死簿。演员多数想走叶德麟的门子，逢年过节，得提了一包东西登门问候，水果、月饼、酒。叶德麟一推再推，到了还是收下来了。“下不为例！”——“那是那是！这点东西没花钱，是朋友送我的。”

叶德麟一帆风顺。“文化大革命”后，原来的党委、团长都头朝下了，团里的事由“四人帮”的亲信——文化部副部长兼剧团总导演虞桧一手掌握，他带来几个“外行（戏班里把不是演员出身的人都叫作外行）”进驻各团监督，有问题随时向他汇报。但是他还得有个处理日常工作的班底，他不能把原来党委的老班底全部踢开，叶德麟留下来仍旧当演员队的队长。虞部长不时还会叫他去谈话，听意见，备咨询。叶德麟觉得虞部长还是很信任他，心中暗暗得意，觉得他还能顺着这根竿子往上爬几年。

叶德麟也有不顺心的事。

一是儿子老在家里跟他闹。儿子中学毕业，没上成大学，也找不到合适的工作，只能到处打游击，这儿干两天，那儿干两天。儿子认为他混成这相，全得由他老子负责。他说老子对他的事不使劲，只顾自己保官，不管儿女前途。他变得脾气暴躁，蛮不讲理，一点小事就大喊大叫，说话非常难听。动不动就摔盘子打碗。叶德麟气得浑身发抖，无可奈何。

一件是出国演出没有他。剧团要去澳大利亚演出，叶德麟忙活了好一阵，添置服装、灯光器械、定“人位”，——出国名额要压缩，有些群众演员必须赶两三个角色。他向虞部长汇报了初步设想，虞部长基本同意。叶德麟满以为要派他去打前站，——过去剧团到香港、日本演出，都是他打前站，不想虞部长派他的秘书宣布去澳名单，却没有叶德麟！这对他的打击可太大了。他差一点当场晕死过去。这不是一次出国的事，他知道虞桧压根儿没把他当作自己的人，完了！他被送进了医院：血压猛增，心绞痛发作。

住了半个月院，出院了。

他有时还到团里来，到医务室量量血压、要点速效救心丸。自我解嘲：血压高了，降压灵加点剂量；心脏不大舒服，多来一瓶“速效救心”！他坐在小会议室里，翻翻报。他也希望有人陪他聊聊，路过的爷们跟他也招呼招呼，只是都是淡淡的。“卖羊头的回家——不过细盐（言）”。

快过年了。他儿子给他买了两瓶好酒，一瓶“古井贡”，一瓶“五粮液”，他儿子的工作问题解决了，他学会开车，在一个公司当司机，有了稳定的收入。叶德麟拿了这两瓶酒，说：“得咪！”这句话说得很凄凉。这里面有多重意义、无限感慨。一是有这两瓶酒，这个年就可以过得美美地。儿子还是儿子，还有点孝心；二是他使尽一辈子心机，到了有此结局，也就可以了。

叶德麟死了，大面积心肌梗死急性发作。

照例要开个追悼会，但是参加的人稀稀落落，叶德麟人缘不好，大家对他都没有什么感情。为什么会这样呢？

因为他对谁都也没有感情。他是一个无情的人。

靳元戎也是唱丑的，岁数和叶德麟差不多，脾气秉性可很不相同。

靳元戎凡事看得开。“四人帮”时期，他被精简了下来，下放干校劳动。他没有满腹牢骚，唉声叹气，而是活得有滋有味，自得其乐。干校地里有很多麻雀，他结了一副拦网，逮麻雀，一天可以逮百十只，撕了皮，酱油、料酒、花椒大料腌透，入油酥炸，下酒。干校有很多蚂蚱，一会儿可捉一口袋，摘去翅膀，在瓦片上焙干，卷烙饼。

他说话很“葛”。

干校来了个“领导”。他也没有什么名义，不知道为什么当了“领导”。此人姓高，在市委下面的机关转来转去，都是没有名义的“领导”，搞政治工作，这位老兄专会讲“毛选”，说空空洞洞的蠢话，俨然是个马列主义理论家。他是搞政治工作的，干校都称之为“高政工”。他常常出一些莫名其妙的馊点子。《地道战》里有一句词：“各村都有各村的高招”，于是大家又称之为“高招”。干校本来是让大家来锻炼的，不要求产量，高招却一再宣传增产。年初定生产计划，是他一再要求提高指标。指标一提再提，高政工总是说：“低！太低！”靳元戎提出：“我提一个增产措施：咱们把地掏空了，种两层，上面一层，下面一层。”高政工认真听取了靳元戎的建议，还很严肃地说：“这是个办法！是个办法！”

逮逮麻雀，捉蚂蚱，跟高政工逗逗，几年一晃也就过去了。

“四人帮”垮台，虞部长自杀，干校解散，各回原单位，靳元戎也回到了剧团。他接替叶德麟，当了演员队队长。

他群众关系不错。他的处世原则只有两条：一，秉公办事；二，平等待人。对谁的称呼都一样：“爷们儿”。

他好吃，也会做。有时做几个菜，约几个人上家里来一顿。他是回民，做的当然都是清真菜：炸卷果、炮糊（炮羊肉炮至微糊）、它似蜜、烧羊腿、羊尾巴油炒麻豆腐。有一次煎了几铛鸡肉馅的锅贴，是从在鸡场当场长的老朋友那儿提回来的大骟鸡，撕净筋皮，用刀背细剁成茸，加葱汁、盐、黄酒，其余什么都不搁，那叫一个绝！

他好喝，四两衡水老白干没有问题。他得过心绞痛，还是照喝不误。有人劝他少喝一点，他说："没事，我喝足了，就心绞不疼了。"——这是一种奇怪的语法。他常用这种不通的语言讲话，有个小青年说："'心绞不疼'，这叫什么话！"他的似乎不通的语言多着呢！比如"文革"期间，有一个也是唱丑的狠斗马富禄，他认为太过火，就说："你就是把马富禄斗死了，你也马富禄不了啊！"什么叫"马富禄不了啊"？真是欠通，欠通至极矣！他喝酒有个习惯，先铺好炕，喝完了，把炕桌往边上一踢，伸开腿就进被窝，随即鼾声大作。熟人知道他这个脾气，见他一钻被窝，也就放筷子走人，明儿见！

他现在还活着，但已是满头白发，老矣。

一九九六年九月初

载一九九六年第六期《当代》

不　朽

赵福山准时去上班。他上班一向准时，每天八点半。“文革”前如此，“文革”期间也如此。他每天第一个到战斗组学习室。扫地，擦桌子，打两壶开水。这个战斗组是个大组，成员主要是三分队的：舞台工作队的、管衣箱的、检场的、梳头的、管“彩匣子”的、水锅（管烧开水），还有几个年轻演员，男女都有，有几个还是“角儿”。战斗组的成员一般都要到九点多钟才陆陆续续地走进学习室，今天怎么回事，都来了，人到得挺齐，军宣队的老卢也来了。地也扫了，桌子也抹了，水也打了，一个一个都端端正正地坐着，气氛很严肃。这是怎么回事？怎么了？

赵福山进门跟大家打招呼：“来了！对不起，我来晚了！”

没人搭理他，好像没瞧见他。

组长—— 一个戏校毕业生，调到剧团还不到一年的唱丑的宣布：

“现在开会。今天的会讨论的是赵福山同志。”

赵福山心里咯噔一下：“我！我犯了错误了？”

“讨论一下赵福山同志其人其事。他的为人，他在艺术上的造诣，他的艺术思想和美学思想。”

“美学思想？艺术思想？”赵福山听着这些新名词有点耳生。

首先发言的是唱青衣的女演员A，她说：“赵福山同志是梳头桌师傅——”

军代表老卢不知道啥叫“梳头桌师傅”，问：“他是管梳头的桌子？”

“——也称梳头师傅。赵福山同志在科班学的是‘容装科’，专门梳头。赵福山同志工作非常负责，每天早早到后台刮片子。”

军代表本想问什么是刮片子，怕显得过于外行，就没有问。

“假发、水纱、线尾子、压鬓簪、银泡子……一切都井井有条，用起来很顺手。他善于梳‘大头’，也能梳‘宫妆’。他的片子贴得特别好。小片子玲珑俊秀，大片子弧弯合适。不论是长脸、圆脸，贴出来都是瓜子脸。大家闺秀是大家闺秀，小家碧玉是小家碧玉。唱旦角的，经赵师傅一贴片子，就能增三分光彩。现在唱革命现代戏了，不贴片子了，赵师傅梳纂，照样很是样儿。李奶奶是李奶奶，阿庆嫂是阿庆嫂。我是演阿庆嫂的，我觉得赵师傅梳的髻，妥妥帖帖，看起来非常舒服。谢谢赵师傅！”

唱武生的演员 B：“赵师傅是梳头师傅，本来是管旦角化妆的，但他也很善于勒头，老生、武生，都愿让他勒。他勒头舒服，而且根据戏的需要，随时调整。比如《挑滑车》‘闹帐’是武戏文唱，就勒得松一些，《观阵》以后动作性强，幅度大，就在后台再紧一紧。经赵师傅勒的头演员不会头疼、头晕、想吐；也绝对不会‘掭’了（在台上脱落盔头、发网，叫作“掭头”。）。现在很少唱大武戏了，但是中央首长有时还要看，武生还得勒头。这样剧团还是少不了赵师傅。”

C——他是个管搬行头、挂吊竿的杂务，说：“因此，他没有成了‘板儿刷’。家有万贯，不如一技随身哪！”

军代表老卢问：“什么叫‘板儿刷’？”

唱三路老生的 D 解释：“咱们是样板团，吃的是样板饭，还发样板服。有的人下放五七艺校劳动，就享受不了这种待遇了。他们是样板团用不着的人，被刷下来了，他们就自称是‘板儿刷’。”

唱丑的组长说：

"赵福山同志对工作极端负责，恪尽职守的精神，值得学习。"

军代表老卢插话："赵福山同志所以能够极端负责，是因为突出了政治。——他在'文化大革命'中有什么突出表现，先进思想？"

"先进思想、突出表现……"搬行头挂吊竿的E想了想，"没有！老赵为人，安分守己，不多说，不少道；'大胆拿钱，小心干活'，不争戏份，不争牌位，——梳头桌上的，也没个牌位，他老实巴交，不突出！"

"他的群众关系如何？"

"——群众关系……人缘？"

"也可以这么说。"

"好！他从来没跟人吵架斗嘴，脸红脖子粗，和为贵！"

"他对同志有过什么帮助？"

"有！'文化大革命'初起，耿麻子——弹南弦子的耿同仁不来剧团，不上班，说是有病。造反派说：'不行，你在家里躲清闲儿！'造反派把他提溜到剧团，罚他站在当院大声念'语录'，要把头一篇念得背下来。耿麻子念了：'领导哖们的核心力量，是中国共产党，——"

"什么'哖们'！"一个革命造反派给他一个嘴巴。耿麻子心想：没有念错了哇！

“重念！”

耿麻子念：“领导呣们的核心力量是中国共产党，指导呣们思想的理论基础是马克思列宁主义……”

造反派小将给了他两个嘴巴，——左右开弓。

“什么‘呣们’！开搅是不是？”

耿麻子哭丧着脸，说：“我哪儿敢开搅哇！”耿麻子念语录时，赵福山挨着他，就轻轻提醒他：“我们！我们！不是‘呣们’。”

“重念！”

耿麻子被打蒙了，再念，还是“领导呣们……”

“造反派照他屁股上踢了一脚。‘滚！’”

老卢问：“耿同仁为什么总是念‘呣们’？”

唱小丑的组长说：“老北京人说话都是说‘呣们’。”

军代表觉得这实在说不上是突出的政治表现，就把话题引开，说：“据我们了解，赵福山同志生活很简朴，不追求生活享受，这一方面有什么事迹？”

“有！”D迫不及待地接过话茬，“老赵一向自奉甚薄。”这位大字不识的苦哈哈忽然来了一句文辞。“他日本人在的时候吃过混合面，拉不出屎来。国民政府来了，物价看涨，有时开了戏份，只够买个大海茄子。‘茄子老了一嘟噜籽’，一家人只好吃这个一嘟噜籽的海茄子。好容易，盼到解放了，能吃饱了。现在是‘样板团’，吃样板饭，食堂老有炸小丸子、烧带鱼，截长补短的还来半只香酥鸡，真是一步登天！不过香酥鸡、炸丸子，老赵自己都不吃，拿报纸包了，带回去给小孙子吃。样板饭只管中午一顿，晚饭还得回家吃自己的。老赵每天都是炸酱面，一年三百六十五日，天天如此。炸酱面也是肉少酱多。不过吃面一定要就蒜，'吃面不吃蒜，等于瞎捣乱'！而且，要紫皮蒜。'青皮萝卜紫皮蒜，抬头的老婆低头的汉'！紫皮蒜辣。老赵爱吃紫皮蒜的精神值得我们大家学习！向赵福山同志学习！向赵福山同志致敬！"

军代表有点摸不着头脑，这开的叫什么会呢？

唱旦角的A拿出一个小录音机，放出哀乐。一个"跑宫女"的女演员从室外拿来一个小花圈，献给赵福山。唱丑的组长用庄严而低沉的声音，带一点朗诵的调子宣布："会议到此结束，向赵福山同志学习，向赵福山同志致敬！"

D加了一句："赵福山同志永垂不朽。"

全体起立，向赵福山同志三鞠躬。军代表老卢也随着一起鞠躬。

赵福山连忙答礼。他手里拿着花圈，不知如何是好。

一九九六年八月五日

载一九九六年八月九日《中国城乡金融报》

当代野人系列三篇

三列马

“三”是《三国演义》，“列”是《东周列国志》，“马”是马克思主义。

耿四喜是梨园世家，几代都是吃戏饭的。他父亲是在科班抄功的，他善于抄功，还善于“打通堂”。科班里的孩子嘴馋，有的很调皮，把老板放在冰箱里的烧鸡偷出来，撕巴撕巴吃了，老板知道了，“打通堂！”一个孩子在台上尿了裤子，“打通堂！”全科班的孩子都打屁股，叫作“打通堂”。耿四喜的父亲在鼻窝里用鼻烟抹了个蝴蝶，用一条大白手绢缠了手腕，叫学生挨个儿趴在板凳上，把供在祖师爷牌位前的板子“请”下来，一人五板或十板。用手绢缠腕子是防备把腕子闪了。每人每板，都一样轻重，不偏不向，打得很有节奏。打完一个，提上裤子走人，“下一个！”这些孩子挨打次数多了，有了经验，姿势都很准确利落。“打通堂”培养了他们的同学意识，觉得很甘美。日后长大了，聚在一起，还津津乐道，哪次怎么挨的打，然后举杯共进一杯二锅头：“干！”

耿四喜是个“人物”。

他长得跟他父亲完全一样，四楞子脑袋，大鼻子，阔嘴，浑身肌肉都很结实，脚也像。这双脚宽，厚，筋骨突出，看起来不大像人脚，像一种什么兽物的蹄子。他走路脚步重，抓着地走。凡是“练家”都是这样走，十趾抓地。他很能吃，如《西游记》所说“食肠大”。早点四两包子，两碗炒肝；中午半斤猪头肉，一斤烙饼；晚上少一点，喝两大碗棒子粥就得。

他学的是武花脸，能唱《白水滩》这样的摔打戏，也演过几场，但是台上不是样儿，上下身不合，“山东胳臂直隶腿”，以后就一直没有演出。剧团成立了学员班，他当了学员班抄功的老师。几代家学，抄功很有经验。他说话有个特点，爱用成语，而且把成语的最后一个字甚至几个字“歇”掉。学员练功，他总要说几句话勉励动员：

“同学们，你们都是含苞待，将来都有锦绣前。练功要硬砍实，万万不可偷工减。现在要是少壮不，将来可就老大徒了！踢腿！——走！”

他爱瞧书，《三国演义》、《东周列国志》看得很熟。京剧界把《三国演义》和《东周列国志》合列为“三列国”。三国戏和列国戏很多，不少人常看这两部书，但是看得像耿四喜这样滚瓜烂熟、倒背如流的，全团无第二人。提出“三列国”上的大小问题，想考耿四喜，绝对考不倒！全团对他都很佩服，送了他一个外号：“耿三列”。没事时常有人围着要他说一段，耿四喜于是绘声绘色，口若悬河，不打一个“拨儿”，一讲半天。于是耿四喜除了“耿三列”之外，还博得另一个外号：“耿大学问”。

“文化大革命”，天下大乱，一塌糊涂。成立了很多“战斗队”。几个人一捏咕，起一个组名：“红长缨”“东方红”“追穷寇”……找一间屋子，门外贴出一条浓墨大字，就可以占山为王，革起命来：“勒令”“黑帮”交代问题，写大字报，违反宪法，闯入民宅，翻箱倒笼，搜查罪证。耿四喜也成立了一个战斗组。他的战斗组的名字随时改变，但大都有个“独”字：“独立寒秋战斗组”“风景这边独好战斗组”，因为他的战斗组只有他一个人，他既是组长，又是组员。他不需要扩大队伍，增长势力。后来“革命群众”逐渐形成两大派，天天打派仗，他哪一派也不参加，自称“不顺南不顺北战士”。北京有一句土话：叫作“骑着城墙骂鞑子——不顺南不顺北”。不过斗黑帮的会，不论是哪一派召开的，他倒都参加的。同仇敌忾，义愤填膺，口沫横飞，声色俱厉。他斗黑帮永远只是一句话，黑帮交代问题，他总是说：“说那没用！说你们是怎么黑的！”

中国的事情也真是怪，先给犯错误、有问题的人定了性，确立了罪名，然后发动群众，对“分子”围攻，迫使“有”问题的人自己承认各种莫须有的问题，轮番轰炸，疲劳战术，七斗八斗，斗得“该人”心力交瘁，只好胡说八道，把自己说成狗屎堆，才休会一两天，听候处理。这种办法叫作“搞运动”。这大概是中国的一大发明。

黑帮对耿四喜还真有点怵。不是怕他大喊大叫，而是怕他的“个别教练”。他每天晚上提出一个黑帮，给他们轮流讲马列主义。他喝了三两二锅头、一瓶啤酒，就到“牛棚”门外叫：“×××，出来！”这×××就很听话地随着他到他的战斗组，耿四喜就给他一个人讲马列主义，这叫“单个教练”。耿四喜坐着，黑帮站着。每次讲一个小时，十二点开始，一点下课。耿四喜真是个“大学问”，他把十二本“干部必读”都精读了一遍。“剩余价值论”“政治经济学”“上层建筑与经济基础”……都能讲得下来。《矛盾论》《实践论》更不在话下。他讲马列主义也是爱用歇后语：“剩余价”“上层建”“经济基”……

因为耿四喜熟读马列主义经典著作，使剧团很多人更加五体投地，他们把他的外号“耿三列”修改了一下，变成了“三列马”。

“文化大革命”结束后，耿四喜调到戏校抄功，他说话还是爱用歇后语。

耿四喜忽然死了，大面积心肌梗死，抢救无效，呜呼哀哉了。

开追悼会时，火葬场把蒙着他的白布单盖横了，露出他的两只像某种兽物的蹄子的脚，颜色发黄。

一九九六年八月十四日

大尾巴猫

“文化大革命”调动了很多人出奇的洞察力和想象力，每天都产生各色各样的反革命事件和新闻。华君武画过一张漫画，画两位爱说空话的先生没完没了地长谈，从黑胡子聊到白胡子拖地，还在聊。有人看出一人的枕头上的皱褶很像国民党的党徽——反革命！有人从小说《欧阳海之歌》的封面下面的丛草寻出一条反革命标语："蒋介石万岁！"有人从塑料凉鞋的鞋底的压纹里认出一个"毛"字，越看越像。风声鹤唳，草木皆兵，神经过敏，疑神疑鬼。有人上班，不干别的事，就传播听信这种莫须有的谣言，并希望自己也能发现奇迹，好立一功。剧团的造反派的头头郝大锣（他是打大锣的）听到这些新闻，慨然叹曰："咱们为什么就不能发现这样的问题呢！"他曾希望，"'文化大革命'胜利了，咱们还不都弄个局长、处长的当当？"他把希望寄托在挖反革命上，但是暂时还没有。

剧团有个音乐设计，姓范名宜之，文工团出身，没有受过正规的音乐训练。他对京剧不熟，不能创腔，只能写一点序幕和幕间曲．也没有什么特点，不好听。演员挖苦他，说他写的曲子像杂技团耍坛子的。他气得不行，说："下回我再写个耍盘子的！"他才能平庸，但是很不服气。他郁郁不得志。很想做出一点什么事，一鸣惊人。业务上不受尊重，政治上求发展。他整天翻看报纸文件，想从字里行间揪出一个反革命。——他揪出来了！

剧团有个编剧，名齐卓人，把《聊斋志异》的《小翠》改编成为剧本，故事大体如下：御史王煦，生有一子，名唤元丰，是个傻子。一只小狐狸在王煦家后花园树杈上睡着了。王煦的紧邻太师王濬是个奸臣。王濬的儿子很调皮，他用弹弓对小狐狸打了一弹，小狐狸腿上受伤，跌在地上。王元丰虽然呆傻，却很善良，很爱小动物，就把小狐狸抱到前堂，给它裹伤敷药，他说这是一只猫。僮儿八哥说："这不是猫，你瞧它是尖嘴。"王元丰说："尖嘴猫！"八哥又说："它是个大尾巴！"元丰说："大尾巴猫！"八哥说他认死理儿，"猫定了"，毫无办法。（下略）

范宜之双眼一亮："'大尾巴猫'说的是什么？这不是反革命是什么？"他拿了油印的剧本去找郝大锣，郝大锣听了范宜之的分析，大叫了一声："好！"范宜之洋洋得意，郝大锣欣喜若狂。当即召集各战斗组小组长开紧急会议，布置战斗任务，连夜赶写大字报，准备战斗发言。

大字报铺天盖地，批斗会大喊大叫。一开头齐卓人真有点招架不住。这是无中生有，胡说八道！有一个编导，是个老剧人了，齐卓人希望他出来说几句公道话，说文艺作品不能这样牵强附会地分析，不料他不但不主持公道，反而火上加油，用绍兴师爷的手法，离开事实，架空立论。他是写过杂文的，用笔极其毒辣。齐卓人叫他气得咬牙出血，要跟他赌一个手指头：只要他说一句，他说的话都不是违背良心的，齐卓人愿意当众剁下左手的小拇指，挂在门框上！造反派要审查《小翠》的原稿，原稿找不到。造反派说他把原稿藏起来了，毁了。齐卓人急得要跳楼。其实原稿早就交给资料室收进艺术档案了，可是资料员就是不说。问他为什么不说，他说他不敢！“文化大革命”大部分“战士”都是这样：气壮如牛，胆小如鼠，只求自保，不问良心。开了几次批判会，有个“牛棚”里的“难友”是个“老运动员”，从延安时期就一直不断挨整，至今安然无恙，给他传授了一条经验：自我批判，可以把自个儿臭骂一通，事实寸步不让，不能瞎交代，那样会造成无穷的麻烦。齐卓人心领神会。每次开批判会，都很沉痛，但都是空话，而且是车轱辘话来回转，把一点背景、过程重新安排组织，一二三四五是一篇，五四三二一又是一篇。而且他看透郝大锣、范宜之都是在那里唱《空城计》，只是穷诈唬，手里一点真实材料没有（也不可能有），批判会实际上是空对空。批判会开的次数多了，齐卓人已经厌烦，最后一次，他带了两页横格纸，还挟了一本《辞海》，走上被告席，说：“郝大锣同志，范宜之同志，咱们把话挑明了，你们的意思无非是说‘大尾巴猫’指的是毛主席，你们真是研究象形文字的专家。我希望你们把你们的意思都写下来。为了省事，我给你们写了一个初稿：我们认为《小翠》一剧中写的‘大尾巴猫’指的是伟大领袖毛主席！如有诬告不实，愿受‘反坐’之责，恐后无凭，立此存照。郝大锣，范宜之。”

月　日

“你们知道什么叫‘反坐’吗？请翻到《辞海》605页：反坐，法律用语，指按诬告别人的罪名对诬告人施行惩罚。如诬告他人杀人者，以杀人罪反坐。

“请你们在这两页纸上签一个名。”

郝大锣、范宜之面面相觑，不知道怎么办。

齐卓人扫视在场“革命群众”，问：“大家还有什么意见没有？没有，我建议散会。”

事情已经过了好几年，剧团演职员有时还会聊起旧事，范宜之看到周围的许多眼睛，讪讪地说：“……那个时候嘛！”

郝大锣没有当上局长，倒得了小脑萎缩，对过去的事什么也想不起来了。

一九九六年八月十五日

去年属马

造反派到我家去抄家，名义上是帮助我“破四旧”，实际上是搜查反革命罪证。夏构丕蹬了一辆平板三轮随队前往。我拿钥匙开了门，请他们随便检查。造反派到处乱翻，夏构丕拿了我的一个剧本仔仔细细地看。我有点紧张，怕他鸡蛋里挑骨头，找出什么反革命的问题。还好，他逐字逐句看过，把剧本还给了我。

第二天上班，我向牛棚里的战友说起夏构丕检查我的剧本时的紧张心情，几位“难友”齐说：“嗐！你紧张什么？他不识字！”

我渐渐了解了夏构丕的身世。他是山西人，不知道父亲母亲是谁，是个流浪孤儿，靠讨吃为生。后来在阎锡山队伍上当了几天兵。新兵造花名册，问他“姓什么？”——“夏！”“叫什么？”他说：“知不道。”——“一个人连自己的名字都不知道，真是狗屁！你就叫夏狗屁吧！”他叫了几年夏狗屁。八路军打下了太原，夏狗屁被俘虏过来，成了“解放战士”。解放战士照例也要登记填表，人事干部问他叫什么，“夏狗屁。”——“夏狗屁？”人事干部觉得这名字实在不像话，就给他改成“夏构丕”——“多大岁数？”——“知不道。”——“那你属什么？”——“去年属马。”人事干部只好看看他的貌相，在“年龄”一栏里估摸着填了一个数目。

夏构丕在“三分队”干杂活，扛衣箱，挂大幕，很卖块儿。

一晃几年，有一天上班他忽然异常兴奋，大声喊叫：

“同志们，同志们，以后咱们吃炸油饼可以不交油票了！”（那时买油饼需交油票）

“为什么？”

“大庆油田出油了！”

“大庆的油可不能炸油饼！”

“咋啦？”

又有一次，他异常兴奋地走进战斗组，大声说：“刘少奇真坏！”

“他怎么又真坏了？”

“他又改了名字了！”

“改成了什么？”

“他又改名叫‘刘邓陶’啦！”

夏构丕成了红人，各战斗组都想吸收他。为什么呢？因为他去年属马。

一九九六年八月十七日

【题记】

有一个外国的心理学家说过：所谓想象，其实是记忆的复合和延伸，我同意。作家执笔为文，总要有一点生活的依据，完全向壁虚构，是很困难的。这几篇小说是有实在的感受和材料的，但是都已经经过了“复合和延伸”，不是照搬生活。有熟知我所写的生活的，可以指出这是谁的事，那是谁的事，但不能确指这是写的谁，那是写的谁。希望不要有人索隐，更不要对号入座，那样就会引出无穷的麻烦，打不清的官司。近几年自我对号的诉讼屡有所闻，希望法院不要再受理此类案件。否则就会使作家举步荆棘，临笔踟蹰，最后只好什么都不写。你们有没有考虑过，多管闲事，对文艺创作是不利的。

我最近写的小说，背景都是“文化大革命”。是不是“文化大革命”不让再提了？或者，“最好”少写或不写？不会吧。“文化大革命”怎么能从历史上，从人的记忆上抹去呢？“文化大革命”是我们这个民族的扭曲的文化心理的一次大暴露。盲从、自私、残忍、野蛮……

这一组小说所以以“当代野人”为标题，原因在此。

应该使我们这个民族文明起来。

散文篇

道具树

……西长安街。十一点。（钟在什么地方敲。）月和雾，路灯。火车喷着汽，汽笛在天边拉响，在城市之外，又悠又远又安详。汽车缎子似的一曳，一个彩色的半弧，低低的贴着地面，再见，——消失了。三座门一层沉沉的影子，赶不开可是压不住，—— 一片树叶正在过桥哩。各种声音，柔美，温和，纯熟，依依的显出一片意义，我好像是一个绝域归来的倦客，吃过了又睡过了，第一次观察这个世界，充满清兴的时间，至情的夜。

（日子真不大好过啊，可是灾难这一会似乎放开我们了……）

一棵树：满含月光的轻雾里，路灯投下一圈一圈的圆光，一个一个 spot，一棵矮树一半溶在光里了。一片一片浅黄的叶子，纤秀，苗条，（槐树么？）疏疏落落，微微飘动，（冬天，可是风多轻柔，）一片一片叶子如蘸水，鲜明极了，空中之色，凭虚而在，卓然的分别于其属冠，而指出枝干的姿势。无比的生动：真实与虚幻相合，真实即虚幻，空气极其清冽，如在湖上，平坦的，远阔的夜啊。晚归的三五成阵的行人都有极好的表情。

我热爱舞台生活！（什么东西叫我激动起来了。）我将永远无法让你明白那种生活的魅力啊。那是水里的月，而我毫不犹豫用这两个字说明我的感情：醉心。你去试试看，你只要在里头泡过一阵，你就说不出来有一种瘾。这些你是都可以想象得到的：节奏的感觉，形式的完美的感觉，你亲身担当一个匀称和谐的杰作的一笔，你去证明一种东西。艰难的克服和艰难本身加于你的快感；紧张得要命，跟紧张做伴的镇定，甜美的，真是甜美的啊，那种松弛。创造和被创造，什么是真值得快乐的？——胜利，你体验“形成”，形成是一个实实在在的东西。你不能怀疑，虚空的虚空么，好，“咱们台上见！”——你说我说的是戏剧本身，赞美的是演出么？是的，那是该赞美的，凡是弄戏的都有一个当然的信念：一切为了演出。愿我们持有这个信念罢。可是你不是说的是演员？演员有演员的快乐，但是我们今天暂时不提及属于个人部分的东西。整个的。从一个剧本的“来到我们手里”，到拆台，到最后一个戴起帽子，扣好衣服，点起一根烟，从后楼上窗户斜射到又空又大的池座中的阳光中走出来，惆怅又轻松，依依的别意，离开戏圈子，这个家，为止。每一个时候你都觉得有所为，清清楚楚地知道你的存在的意义。你在一个宏伟的集合之中，像潮水，一起向前；而每个人是一个象征。我唯在戏剧圈子里而见过真正的友谊。在每个人都站在戏剧之中的时候，真是和衷共济，大家都能为别人想，都恳切。人是个什么样的人，在那种时候看得最清楚，而好多人在弄戏的时候，常与在“外面”不一样。于是坦易，于是脱俗，于是，快乐了。忙是真忙呀，身体四肢，双手大脑，一齐并用，可喜的是你觉得你早应当疲倦的时候你还有精力，于是你知道你平常的疲倦都因为烦闷，你看懂疲倦了。烟是个烟，水是杯水，一切那么“是个味儿”，一切姿势都可感，一切姿势都是充分的。……

（喔，我离开那种生活日子已久了，你看……）

一直到戏“搬出来”。戏在台上演，在“完全良好”的情形下进行，你听，真静，鸦雀无声！多广大呀，多丰满呀。你直接走到戏剧里面，贴到戏剧顶内在，顶深秘的东西，戏剧的本质了，一朵花在展开，一脉泉在涌动，一缕风在轻轻运送。我爱轻手轻脚的，——说不出的小心，轻微，从布景后面纵横复杂的铁架子之间走过，站一站，看一看从前面透过的光，一个花盆或者别的东西印在布景上的影子，默念台上的动作，表情，然后从两句已经永不走样的戏词之间溜下来。我每天都要走这么一两趟，我的心充满了感情，像春一样的柔软。

而我爱在杂乱的道具室里休息。爱在下一幕要搬上去的沙发里躺一躺，爱看前一幕撤下来的书架上的书。我爱这些奇异的配合，特殊的秩序，这些因为需要而凑在一起的不同。这些不同时代，不同作风，属于不同社会，不同的人的形形色色，环绕在我身旁，不但不倾轧，不矛盾，而且还会流通起来，形成一场盛宴。我爱这么搬来搬去，这种不定，这种暂时的永久。我爱这种浑然，这种认真其是，这种庄严的做作。我爱在一棵伪装的，钉着许多木条，叶子已经半干，杆子只有半爿的，不伦不类，样子滑稽的树底下坐下来，抽烟，思索。我的思想跟在任何一棵树下没有什么不同，而且，我简直要说，不是任何一棵树下所能有的，那么清醒，那么流动，那么纯净无渣。

（喔，我需要一棵树。现在，——每一个时候……）

载一九四八年十一月二十八日《大公报》

公共汽车

去年，在公共汽车上，我的孩子问我："小驴子有舅舅吗？"他在路上看到一只小驴子；他自己的舅舅前两天刚从桂林来，开了几天会，又走了。

今年，在公共汽车上，我的孩子告诉我："这是洒水车，这是载重汽车，这是老吊车……我会画大卡车。我们托儿所有个小朋友，他画得棒极了，他什么都会画，他……"

我的孩子跟我说了不止一次了："我长大了开公共汽车！"我想了一想，我没有意见。不过，这一来，每次上公共汽车，我就只好更得顺着他了。从前，一上公共汽车，我总是向后面看看，要是有座位，能坐一会也好嘛。

他可不，一上来就往前面钻。钻到前面干什么呢？站在那里看司机叔叔开汽车。起先他问我为什么前面那个表旁边有两个扣子大的小灯，一个红的，一个黄的？为什么亮了——又慢慢地灭了？我以为他发生兴趣的也就是这两个小灯；后来，我发现并不是的，他对那两个小灯已经颇为冷淡了，但还是一样一上车就急忙往前面钻，站在那里看。我知道吸引住他的早就已经不是小红灯小黄灯，是人开汽车。我们曾经因为意见不同而发生过不愉快。有一两次因为我不很了解，没有尊重他的愿望，一上车就抱着他到后面去坐下了，及至发觉，则已经来不及了，前面已经堵得严严的，怎么也挤不过去了。于是他跟我吵了一路。“我说上前面，你定要到后面来！”——“你没有说呀！”——“我说了！我说了！”——他是没有说，不过他在心里是说了。“现在去也不行啦，这么多人！”——“刚才没有人！刚才没有人！”这以后，我就尊重他了，甭想再坐了。但是我“从思想里明确起来”，则还在他宣布了他的志愿以后。从此，一上车，我就立刻往右拐，几乎已经成了本能，简直比他还积极。有时前面人多，我也带着他往前挤：“劳驾，劳驾，我们这孩子，唉！要看开汽车，咳……”

开公共汽车。这实在也不坏。

开公共汽车，这是一桩复杂的，艰巨的工作。开公共汽车，这不是开普通的汽车。你知道，北京的公共汽车有多挤。在公共汽车上工作，这是对付人的工作，不是对付机器。

在北京的公共汽车上工作的，开车的，售票的，绝大部分是一些有本事的，精干的人。我看过很多司机，很多售票员。有一些，确乎是不好的。我看过一个面色苍白的，萎弱的售票员，他几乎一早上出车时就打不起精神来。他含含糊糊地，口齿不清地报着站名，吃力地点着钱，划着票；眼睛看也不看，带着淡淡的怨气呻吟着："不下车的往后面走走，下面等车的人很多……"也有的司机，在车子到站，上客下客的时候就休息起来，或者看他手上的表，驾驶台后面的事他满不关心。但是我看过很多精力旺盛的，机敏灵活的，不知疲倦的售票员。我看到过一个长着浅浅的络腮胡子和一对乌黑的大眼睛的角色，他在最挤的一趟车快要到达终点站的时候还是声若洪钟。一副配在最大的演出会上报幕的真正漂亮的嗓子。大声地说了那么多话而能一点不声嘶力竭，气急败坏，这不只是个嗓子的问题。我看到过一个家伙，他每次都能在一定的地方，用一定的速度报告下车之后到什么地方该换乘什么车，他的声音是比较固定的，但是保持着自然的语调高低，咬字准确清楚，没有像有些售票员一样把许多字音吃了，并且因为把两个字音搭起来变成一种特殊的声调，没有变成一种过分职业化的有点油气的说白，没有把这个工作变成一种仅具形式的玩弄——而且，每一次他都是恰好把最后一句话说完，车也就到了站，他就在最后一个字的尾音里拉开了车门，顺势弹跳下车。我看见过一个总是高高兴兴而又精细认真的小伙子。那是夏天，他穿一件背心，已经完全汗湿了而且弄得颇有点污脏了，但是他还是笑嘻嘻的。我看见他很亲切地请一位乘客起来，让一位怀孕的女同志坐，而那位女同志不坐，说她再有两站就下车了，“坐两站也好嘛！”她竟然坚持不坐，于是他只好无可奈何地笑一笑；车上的人也都很同情他的笑，包括那位刚刚站起来的乘客，这个座位终于只是空着，尽管车上并不是不挤。车上的人这时想到的不是自己要不要坐下，而是想的另外一类的事情。有那样的售票员，在看见有孕妇、老人、孩子上车的时候也说一声：“劳驾来，给孕妇、抱小孩的让个座吧！”说完了他就不管了。甚至有的说过了还急忙离孕妇老人远一点，躲开抱着孩子的母亲向他看着的眼睛，他怕真给找起座位来麻烦，怕遇到蛮横的乘客惹起争吵，他没有诚心，在困难面前退却了。他不。对于他所提出的给孕妇、老人、孩子让座的请求是不会有人拒绝，不会不乐意的，因为他确是在关心着老人、孕妇和孩子，不只是履行职务，他是要想尽办法使他们安全，使他们比较舒适的，不只是说两句话。他找起座位来总是比较顺利，用不了多少时候，所以耽误不了别的事。这不是很奇怪吗？是的，了解一个人的品德并不很难，只要看看他的眼睛。我看见，在车里人比较少一点的时候，在他把票都卖完了的时候，他和一个学生模样的女孩子在闲谈，好像谈她的姨妈怎么怎么的，看起来，这女孩是他一个邻居。而当车快到站的时候，他立刻很自然地结束了谈话，扬声报告所到的站名和转乘车辆的路线，打开车门，稳健而灵活地跳下去。我看见，他的背心上印着字：一九五五年北京市公共汽车公司模范售票员；底下还有一个号码，很抱歉，我把它忘了。当时我是记住的，我以为我不会忘，可是我把它忘了。我对记数目字太没有本领了——是二二五？是不是？现在是六点一刻，他就要交班了。他到了家，洗一个澡，一定会换一身干干净净的，雪白的衬衫，还会去看一场电影。会的，他很愉快，他不感到十分疲倦。是和谁呢？是刚才车上那个女孩子么？这小伙子有一副招人喜欢的体态：文雅。多么漂亮，多有出息的小伙子！祝你幸福……

我看到过一个司机。就是跟那个苍白的，疲乏的售票员在一辆车上的司机。这是一个沉默寡言的，冷静的人，有四十多岁，一张瘦瘦的黑黑的脸，脸上没有什么表情。这个人，车是开得好的；在路上遇到什么人乱跑或者前面的自行车把不住方向，情况颇为紧急时，从不大惊小怪，不使得一车的人都急忙伸出头来往外看，也不大声呵斥骑车行路的人。这个人，一到站，就站起来，转身向后，偶尔也伸出手来指点一下："那位穿蓝制服的，你要到西单才下车，请你往后走走。拿皮包的那位同志，请你偏过身子来，让这位老太太下车，车下有一个孕妇，坐专座的同志，请你站起来。往后走，往后走，后面还有地方，还可以再往后走。"很奇怪，车上的人就在他的这样的简单的，平淡的话的指挥之下，变得服服帖帖，很有秩序。他从来不呼吁，不请求，不道"劳驾"，不说"上下班的时候，人多，大家挤挤！""大礼拜六的，谁不想早点回家呀，挤挤，挤挤，多上一个好一个！""外边下着雨，互相多照顾照顾吧，都上来了最好！""上不来了！后边车就来啦！我不愿意多上几个呀！我愿意都上来才好哩，也得挤得下呀！"他不说这些！这个人身上有一种奇特的东西，那就是：坚定、自信。我看了看车上钉着的"公共汽车司机售票员守则"，有一条，是"负责疏导乘客"，"疏导"，这两个字是谁想出来的？这实在很好，这用在他身上是再恰当也没有了。于此可见，语言，是得要从生活里来的。我再看看“公约”，“公约”的第一条是：“热爱乘客。”我想了想，像他这样，是“热爱”么？我想，是的，是热爱，这样的冷静，坚定，也是热爱，正如同那二二五号的小伙子的开朗的笑容是热爱一样……

人，是有各色各样的人的。

……我的孩子长大了要开公共汽车，我没有意见。

载一九五七年第三期《人民文学》

国子监

为了写国子监，我到国子监去逛了一趟，不得要领。从首都图书馆抱了几十本书回来，看了几天，看得眼花气闷，而所得不多。后来，我去找了一个“老”朋友聊了两个晚上，倒像是明白了不少事情。我这朋友世代在国子监当差，“侍候”过翁同龢、陆润庠、王垿等祭酒，给新科状元打过“状元及第”的旗，国子监生人，今年七十三岁，姓董。

国子监，就是从前的大学。

这个地方原先是什么样子，没法知道了（也许是一片荒郊）。立为国子监，是在元代迁都大都以后，至元二十四年（一二八八年），距今约已七百年。

元代的遗迹，已经难于查考。给这段时间作证的，有两棵老树：一棵槐树，一棵柏树。一在彝伦堂前，一在大成殿阶下。据说，这都是元朝的第一任国立大学校长——国子监祭酒许衡手植的。柏树至今仍颇顽健，老干横枝，婆娑弄碧，看样子还能再活个几百年。那棵槐树，约有北方常用二号洗衣绿盆粗细，稀稀疏疏地披着几根细瘦的枝条，干枯僵直，全无一点生气，已经老得不成样子了，很难断定它是否还活着。传说它老早就已经死过一次，死了几十年，有一年不知道怎么又活了。这是乾隆年间的事，这年正赶上是慈宁太后的六十“万寿”，嗬，这是大喜事！于是皇上、大臣赋诗作记，还给老槐树画了像，全都刻在石头上，着实热闹了一通。这些石碑，至今犹在。

国子监是学校，除了一些大树和石碑之外，主要的是一些作为大学校舍的建筑。这些建筑的规模大概是明朝的永乐所创建的（大体依据洪武帝在南京所创立的国子监，而规模似不如原来之大），清朝又改建或修改过。其中修建最多的，是那位站在大清帝国极盛的峰顶，喜武功亦好文事的乾隆。

一进国子监的大门——集贤门，是一个黄色琉璃牌楼。牌楼之里是一座十分庞大华丽的建筑。这就是辟雍。这是国子监最中心、最突出的一个建筑。这就是乾隆所创建的。辟雍者，天子之学也。天子之学，到底该是个什么样子，从汉朝以来就众说纷纭，谁也闹不清楚。照现在看起来，是在平地上开出一个正圆的池子，当中留出一块四方的陆地，上面盖起一座十分宏大的四方的大殿，重檐，有两层廊柱，盖黄色琉璃瓦，安一个巨大的镏金顶子，梁柱檐饰，皆朱漆描金，透刻敷彩，看起来像一顶大花轿子似的。辟雍殿四面开门，可以洞启。池上围以白石栏杆，四面有石桥通达。这样的格局是有许多讲究的，这里不必说它。辟雍，是乾隆以前的皇帝就想到要建筑的，但都因为没有水而作罢了（据说天子之学必得有水）。到了乾隆，气魄果然要大些，认为“北京为天下都会，教化所先也，大典缺如，非所以崇儒重道，古与稽而今与居也”（《御制国学新建辟雍圜水工成碑记》）。没有水，那有什么关系！下令打了四口井，从井里把水汲上来，从暗道里注入，通过四个龙头（螭首），喷到白石砌就的水池里，于是石池中涵空照影，泛着潋滟的波光了。二、八月里，祀孔释奠之后，乾隆来了。前面钟楼里撞钟，鼓楼里擂鼓，殿前四个大香炉里烧着檀香，他走入讲台，坐上宝座，讲《大学》或《孝经》一章，叫王公大臣和国子监的学生跪在石池的桥边听着，这个盛典，叫作“临雍”。

这“临雍”的盛典，道光、嘉庆年间，似乎还举行过，到了光绪，据我那朋友老董说，就根本没有这档子事了。大殿里一年难得打扫两回，月牙河（老董管辟雍殿四边的池子叫作四个“月牙河”）里整年是干的，只有在夏天大雨之后，各处的雨水一齐奔到这里面来。这水是死水，那光景是不难想象的。

然而辟雍殿确实是个美丽的、独特的建筑。北京有名的建筑，除了天安门、天坛祈年殿那个蓝色的圆顶、九梁十八柱的故宫角楼，应该数到这顶四方的大花轿。

辟雍之后，正面一间大厅，是彝伦堂，是校长——祭酒和教务长——司业办公的地方。此外有“四厅六堂”，敬一亭，东厢西厢。四厅是教职员办公室。六堂本来应该是教室，但清朝另于国子监斜对门盖了一些房子作为学生住宿进修之所，叫作“南学”（北方戏文动辄说“到南学去攻书”，指的即是这个地方），六堂作为考场时似更多些。学生的月考、季考在此举行，每科的乡会试也要先在这里考一天，然后才能到贡院下场。

六堂之中原来排列着一套世界上最重的书，这书一页有三四尺宽，七八尺长，一尺许厚，重不知几千斤。这是一套石刻的十三经，是一个老书生蒋衡一手写出来的。据老董说，这是他默出来的！他把这套书献给皇帝，皇帝接受了。刻在国子监中，作为重要的装点。这皇帝，就是高宗纯皇帝乾隆陛下。

国子监碑刻甚多，数量最多的，便是蒋衡所写的经。著名的，旧称有赵松雪临写的“黄庭”“乐毅”“兰亭定武本”；颜鲁公“争座位”，这几块碑不晓得现在还在不在，我这回未暇查考。不过我觉得最有意思、最值得一看的是明太祖训示太学生的一通敕谕。

恁学生每听着：先前那宗讷做祭酒呵，学规好生严肃，秀才每循规蹈矩，都肯向学，所以教出来的个个中用，朝廷好生得人。后来他善终了，以礼送他回乡安葬，沿路上著有司官祭他。

近年著那老秀才每做祭酒呵，他每都怀着异心，不肯教诲，把宗讷的学规都改坏了，所以生徒全不务学，用著他呵，好生坏事。

如今著那年纪小的秀才官人每来署学事，他定的学规，恁每当依着行。敢有抗拒不服，撒泼皮，违犯学规的，若祭酒来奏着恁呵，都不饶！全家发向烟瘴地面去，或充军，或充吏，或做首领官。

今后学规严紧，若有无籍之徒，敢有似前贴没头帖子，诽谤师长的，许诸人出首，或绑缚将来，赏大银两个。若先前贴了票子，有知道的，或出首，或绑缚将来呵，也一般赏他大银两个。将那犯人凌迟了，枭令在监前，全家抄没，人口发往烟瘴地面。钦此！

这里面有一个血淋淋的故事：明太祖为了要“人才”，对于办学校非常热心。他的办学的政策只有一个字：严。他所委任的第一任国子监祭酒宗讷，就秉承他的意旨，订出许多规条。待学生非常的残酷，学生曾有饿死吊死的。学生受不了这样的迫害和饥饿，曾经闹过两次学潮。第二次学潮起事的是学生赵麟，出了一张壁报（没头帖子）。太祖闻之，龙颜大怒，把赵麟杀了，并在国子监立一长竿，把他的脑袋挂在上面示众（照明太祖的语言，是“枭令”）。隔了十年，他还忘不了这件事，有一天又召集全体教职员和学生训话。碑上所刻，就是训话的原文。

这些本来是发生在南京国子监的事，怎么北京的国子监也有这么一块碑呢？想必是永乐皇帝觉得他老大人的这通话训得十分精彩，应该垂之久远，所以特在北京又刻了一个复本。是的，这值得一看。他的这篇白话训词比历朝皇帝的“崇儒重道”之类的话都要真实得多，有力得多。

这块碑在国子监仪门外侧右手，很容易找到。碑分上下两截。下截是对工役膳夫的规矩，那更不得了：“打五十竹篦”！“处斩”！“割了脚筋”……

历代皇帝虽然都似乎颇为重视国子监，不断地订立了许多学规，但不知道为什么，国子监出的人才并不是那样的多。

《戴斗夜谈》一书中说，北京人已把国子监打入“十可笑”之列。

京师相传有十可笑：光禄寺茶汤，太医院药方，神乐观祈禳，武库司刀枪，营缮司作场，养济院衣粮，教坊司婆娘，都察院宪纲，国子监学堂，翰林院文章。

国子监的课业历来似颇为稀松。学生主要的功课是读书、写字、作文。国子监学生——监生的肄业、待遇情况各时期都有变革。到清朝末年，据老董说，是每隔六日作一次文，每一年转堂（升级）一次，六年毕业，学生每月领助学金（膏火）八两。学生毕业之后，大部分发作为县级干部，或为县长（知县）、副县长（县丞），或为教育科长（训导）。另外还有一种特殊的用途，是调到中央去写字（清朝有一个时期光禄寺的面袋都是国子监学生的仿纸做的）。从明朝起就有调国子监善书学生去抄录《实录》的例。明朝的一部大丛书《永乐大典》，清朝的一部更大的丛书《四库全书》的底稿，那里面的端正严谨（也毫无个性）的馆阁体楷书，有些就是出自国子监高才生的手笔。这种工作，叫作“在誊桌上行走”。

国子监监生的身份不十分为人所看重。从明景泰帝开生员纳粟纳马入监之例以后，国子监的门槛就低了。尔后捐监之风大开，监生就更不值钱了。

国子监是个清高的学府，国子监祭酒是个清贵的官员——京官中，四品而掌印的，只有这么一个。作祭酒的，生活实在颇为清闲，每月只逢六逢一上班，去了之后，当差的在门口喝一声短道，沏上一碗盖碗茶，他到彝伦堂上坐了一阵，给学生出题目，看看卷子；初一、十五带着学生上大成殿磕头，此外简直没有什么事情。清朝时他们还有两桩特殊任务：一是每年十月初一，率领属官到午门去领来年的黄历；一是遇到日蚀、月蚀，穿了素服到礼部和太常寺去“救护”，但领黄历一年只一次，日蚀、月蚀，更是难得碰到的事。戴璐《藤阴杂记》说此官“清简恬静”，这几个字是下得很恰当的。

但是，一般做官的似乎都对这个差事不大发生兴趣。朝廷似乎也知道这种心理，所以，除了特殊例外，祭酒不上三年就会迁调。这是为什么？因为这个差事没有油水。

查清朝的旧例，祭酒每月的俸银是一百〇五两，一年一千二百六十两，外加办公费每月三两，一年三十六两，加在一起，实在不算多。国子监一没人打官司告状，二没有盐税河工可以承揽，没有什么外快。但是毕竟能够养住上上下下的堂官皂役的，赖有相当稳定的银子，这就是每年捐监的手续费。

据朋友老董说，纳监的监生除了要向吏部交一笔钱，领取一张“护照”外，还需向国子监交钱领“监照”——就是大学毕业证书。照例一张监照，交银一两七钱。国子监旧例，积银二百八十两，算一个“字”，按“千字文”数，有一个字算一个字，平均每年约收入五百字上下。我算了算，每年国子监收入的监照银约有十四万两，即每年有八十二三万不经过入学和考试只花钱向国家买证书而取得大学毕业资格——监生的人。原来这是一种比乌鸦还要多的东西！这十四万两银子照国家的规定是不上缴的，由国子监官吏皂役按份摊分，祭酒每一字分十两，那么一年约可收入五千银子，比他的正薪要多得多。其余司业以下各有差。据老董说，连他一个“字”也分五钱八分，一年也从这一项上收入二百八九十两银子！

老董说，国子监还有许多定例。比如，像他，是典籍厅的刷印匠，管给学生“做卷”——印制作文用的红格本子，这事包给了他，每月例领十三两银子。他父亲在时还会这宗手艺，到他时则根本没有学过，只是到大栅栏口买一刀毛边纸，拿到琉璃厂找铺子去印，成本共花三两，剩下十两，是他的。所以，老董说，那年头，手里的钱花不清——烩鸭条才一吊四百钱一卖！至于那几位“堂皂”，就更不得了了！单是每科给应考的举子包“枪手”（这事值得专写一文），就是一笔大财。那时候，当差的都兴喝黄酒，街头巷尾都是黄酒馆，跟茶馆似的，就是专为当差的预备着的。所以，像国子监的差事也都是世袭。这是一宗产业，可以卖，也可以顶出去！

老董的记性极好，我的复述倘无错误，这实在是一宗未见载录的珍贵史料。我所以不惮其烦地缕写出来，用意是在告诉比我更年轻的人，封建时代的经济、财政、人事制度，是一个多么古怪的东西！

国子监，现在已经作为首都图书馆的馆址了。首都图书馆的老底子是头发胡同的北京市图书馆，即原先的通俗图书馆——由于鲁迅先生的倡议而成立，鲁迅先生曾经襄赞其事，并捐赠过书籍的图书馆；前曾移到天坛，因为天坛地点逼仄，又挪到这里了。首都图书馆藏书除原头发胡同的和新中国成立后新买的以外，主要为原来孔德学校和法文图书馆的藏书。就中最具特色，在国内收藏较富的，是鼓词俗曲。

载一九五七年三月号《北京文艺》

听遛鸟人谈戏

近来我每天早晨绕着玉渊潭遛一圈。遛完了，常找一个地方坐下听人聊天。这可以增长知识，了解生活。还有些人不聊天。钓鱼的、练气功的，都不说话。游泳的闹闹嚷嚷，听不见他们嚷什么。读外语的学生，读日语的、英语的、俄语的，都不说话，专心致志把莎士比亚和屠格涅夫印进他们的大脑皮层里去。

比较爱聊天的是那些遛鸟的。他们聊的多是关于鸟的事，但常常联系到戏。遛鸟与听戏，性质上本相接近。他们之中不少是既爱养鸟，也爱听戏，或曾经也爱听戏的。遛鸟的起得早，遛鸟的地方常常也是演员喊嗓子的地方，故他们往往有当演员的朋友，知道不少梨园掌故。有的自己就能唱两口。有一个遛鸟的，大家都叫他“老包”，他其实不姓包，因为他把鸟笼一挂，自己就唱开了：“包龙图打坐在开封府……”就这一句。唱完了，自己听着不好，摇摇头，接茬再唱：“包龙图打坐……”

因为常听他们聊，我多少知道一点关于鸟的常识。知道画眉的眉子齐不齐，身材胖瘦，头大头小，是不是“原毛”，有“口”没有，能叫什么玩意儿：伏天、喜鹊——大喜鹊、山喜鹊、苇咋子、猫、家雀打架、鸡下蛋……知道画眉的行市，哪只鸟值多少“张”。——“张”，是一张拾圆的钞票。他们的行话不说几十块钱，而说多少张。有一个七十八岁的老头，原先本是勤行，他的一只画眉，人称鸟王。有人问他出不出手，要多少钱，他说：“二百”。遛鸟的都说：“值！”

我有些奇怪了，忍不住问：“一只鸟值多少钱，是不是公认的？你们都瞧得出来？”

几个人同时叫起来：“那是！老头的值二百，那只生鸟值七块。梅兰芳唱戏卖两块四，戏校的学生现在卖三毛。老包，倒找我两块钱！那能错了？”

“全北京一共有多少画眉？能统计出来吗？”

“横是不少！”

“‘文化大革命’那阵没有了吧？”

“那会儿谁还养鸟哇！不过，这玩意禁不了。就跟那京剧里的老戏似的，‘四人帮’压着不让唱，压得住吗？一开了禁，你瞧，呼啦，呼啦——全出来了。不管是谁，禁不了老戏，也就禁不了养鸟。我把话说在这儿：多会有画眉，多会他就得唱老戏！报上说京剧有什么危机，瞎掰的事！”

这位对画眉和京剧的前途都非常乐观。

一个六十多岁的退休银行职员说：“养画眉的历史大概和京剧的历史差不多长，有四大徽班那会就有画眉。”

他这个考证可不大对。画眉的历史可要比京剧长得多，宋徽宗就画过画眉。

“养鸟有什么好处呢？”我问。

“嗐，遛人！”七十八岁的老厨师说，“没有个鸟，有时早上一醒，觉得还困，就懒得起了；有个鸟，多困也得起！”

“这是个乐儿！”一个还不到五十岁的扁平脸、双眼皮很深、络腮胡子的工人——他穿着厂里的工作服，说。

“是个乐儿！钓鱼的、游泳的，都是个乐儿！”说话的是退休银行职员。

“一个画眉，不就是叫么？怎么会有那么大的差别？”

一个戴白边眼镜的穿着没有领子的酱色衬衫的中等老头儿，他老给他的四只画眉洗澡——把鸟笼放在浅水里让画眉抖擞毛羽，说：“叫跟叫不一样！跟唱戏一样，有的嗓子宽，有的窄，有的有膛音，有的干冲！不但要声音，还得要‘样’，得有‘做派’，有神气。您瞧我这只画眉，叫得多好！像谁？”

像谁？

“像马连良！”

像马连良？！我细瞧一下，还真有点像！它周身干净利索，挺拔精神，叫的时候略偏一点身子，还微微摇动脑袋。

“潇洒！”

我只得承认：潇洒！

不过我立刻不免替京剧演员感到一点悲哀，原来在这些人的心目中，对一个演员的品鉴，就跟对一只画眉一样。

“一只画眉，能叫多少年？”

勤行老师傅说：“十来年没问题！”

老包说：“也就是七八年。就跟唱京剧一样：李万春现在也只能看一招一式，高盛麟也不似当年了。”

他说起有一年听《四郎探母》，甭说四郎、公主，佘太君是李多奎，那嗓子，冲！他慨叹说：“那样的好角儿，现在没有了！现在的京剧没有人看，——看的人少，那是啊，没有那么多好角儿了嘛！你再有杨小楼，再有梅兰芳，再有金少山，试试！照样满！两块四？四块八也有人看！——我就看！卖了画眉也看！”

他说出了京剧不景气的原因：老成凋谢，后继无人。这与一部分戏曲理论家的意见不谋而合。

戴白边眼镜的中等老头儿不以为然："不行！王师傅的鸟值二百（哦，原来老人姓王），可是你叫个外行来听听：听不出好来！就是梅兰芳、杨小楼再活回来，你叫那边那几个念洋话的学生来听听，他也听不出好来。不懂！现而今这年轻人不懂的事太多。他们不懂京剧，那戏园子的座儿就能好了哇？"

好几个人附和："那是！那是！"

他们以为京剧的危机是不懂京剧的学生造成的。如果现在的学生都像老舍所写的赵子曰，或者都像老包，像这些懂京剧的遛鸟的人，京剧就得救了。这跟一些戏剧理论家的意见也很相似。

然而京剧的老观众，比如这些遛鸟的人，都已经老了，他们大部分已经退休。他们跟我闲聊中最常问的一句话是："退了没有？"那么，京剧的新观众在哪里呢？

哦，在那里：就是那些念屠格涅夫、念莎士比亚的学生。

也没准儿将来改造京剧的也是他们。

谁知道呢！

载一九八二年第二期《北京文艺》

老舍先生

北京东城迺兹府丰富胡同有一座小院。走进这座小院，就觉得特别安静，异常豁亮。这院子似乎经常布满阳光。院里有两棵不大的柿子树（现在大概已经很大了），到处是花，院里、廊下、屋里，摆得满满的。按季更换，都长得很精神，很滋润，叶子很绿，花开得很旺。这些花都是老舍先生和夫人胡絜青亲自莳弄的。天气晴和，他们把这些花一盆盆抬到院子里，一身热汗。刮风下雨，又一盆一盆抬进屋，又是一身热汗。老舍先生曾说："花在人养。"老舍先生爱花，真是到了爱花成性的地步，不是可有可无的了。汤显祖曾说他的词曲"俊得江山助"。老舍先生的文章也可以说是"俊得花枝助"。叶浅予曾用白描为老舍先生画像，四面都是花，老舍先生坐在百花丛中的藤椅里，微仰着头，意态悠远。这张画不是写实，意思恰好。

客人被让进了北屋当中的客厅，老舍先生就从西边的一间屋子走出来。这是老舍先生的书房兼卧室。里面陈设很简单，一桌、一椅、一榻。老舍先生腰不好，习惯睡硬床。老舍先生是文雅的、彬彬有礼的。他的握手是轻轻地，但是很亲切。茶已经沏出色了，老舍先生执壶为客人倒茶。据我的印象，老舍先生总是自己给客人倒茶的。

老舍先生爱喝茶，喝得很勤，而且很酽。他曾告诉我，到莫斯科去开会，旅馆里倒是为他特备了一只暖壶。可是他沏了茶，刚喝了几口，一转眼，服务员就给倒了。“他们不知道，中国人是一天到晚喝茶的！”

有时候，老舍先生正在工作，请客人稍候，你也不会觉得闷得慌。你可以看看花。如果是夏天，就可以闻到一阵一阵香白杏的甜香味儿。一大盘香白杏放在条案上，那是专门为了闻香而摆设的。你还可以站起来看看西壁上挂的画。

老舍先生藏画甚富，大都是精品。所藏齐白石的画可谓“绝品”。壁上所挂的画是时常更换的。挂的时间较久的，是白石老人应老舍点题而画的四幅屏。其中一幅是很多人在文章里提到过的“蛙声十里出山泉”。“蛙声”如何画？白石老人只画了一脉活泼的流泉，两旁是乌黑的石崖，画的下端画了几只摆尾的蝌蚪。画刚刚裱起来时，我上老舍先生家去，老舍先生对白石老人的设想赞叹不已。

老舍先生极其爱重齐白石，谈起来总是充满感情。我所知道的一点白石老人的逸事，大都是从老舍先生那里听来的。老舍先生谈这四幅里原来点的题有一句是苏曼殊的诗（是哪一句我忘记了），要求画卷心的芭蕉。老人踌躇了很久，终于没有应命，因为他想不起芭蕉的心是左旋还是右旋的了，不能胡画。老舍先生说："老人是认真的。"老舍先生谈起过，有一次要拍齐白石的画的电影，想要他拿出几张得意的画来，老人说："没有！"后来由他的学生再三说服动员，他才从画案的隙缝中取出一卷（他是木匠出身，他的画案有他自制的"消息"），外面裹着好几层报纸，写着四个大字："此是废纸"。打开一看，都是惊人的杰作——就是后来纪录片里所拍摄的。白石老人家里人口很多，每天煮饭的米都是老人亲自量，用一个香烟罐头。"一下、两下、三下……行了！"——"再添一点，再添一点！"——"吃那么多呀！"有人曾提出把老人接出来住，这么大岁数了，不要再操心这样的家庭琐事。老舍先生知道了，给拦了，说："别！他这么着惯了。不叫他干这些，他就活不成了。"老舍先生的意见表现了他对人的理解，对一个人生活习惯的尊重，同时也表现了对白石老人真正的关怀。

老舍先生很好客，每天下午，来访的客人不断。作家，画家，戏曲、曲艺演员……老舍先生都是以礼相待，谈得很投机。

每年，老舍先生要把市文联的同人约到家里聚两次。一次是菊花开的时候，赏菊。一次是他的生日，——我记得是腊月二十三。酒菜丰盛，而有特点。酒是“敞开供应”，汾酒、竹叶青、伏特加，愿意喝什么喝什么，能喝多少喝多少。有一次很郑重地拿出一瓶葡萄酒，说是毛主席送来的，让大家都喝一点。菜是老舍先生亲自掂配的。老舍先生有意叫大家尝尝地道的北京风味。我记得有一次用一瓷钵芝麻酱炖黄花鱼。这道菜我从未吃过，以后也再没有吃过。老舍家的芥末墩是我吃过的最好的芥末墩！有一年，他特意订了两大盒“盒子菜”。直径三尺许的朱红扁圆漆盒，里面分开若干格，装的不过是火腿、腊鸭、小肚、口条之类的切片，但都很精致。熬白菜端上来了，老舍先生举起筷子：“来来来！这才是真正的好东西！”

老舍先生对他下面的干部很了解，也很爱护。当时市文联的干部不多，老舍先生对每个人都相当清楚。他不看干部的档案，也从不找人“个别谈话”，只是从平常的谈吐中就了解一个人的水平和才气，那是比看档案要准确得多的。老舍先生爱才，对有才华的青年，常常在各种场合称道，“平生不解藏人善，到处逢人说项斯”。而且所用的语言在有些人听起来是有点过甚其词，不留余地的。老舍先生不是那种惯说模棱两可、含糊其词、温吞水一样的官话的人。我在市文联几年，始终感到领导我们的是一位作家。他和我们的关系是前辈与后辈的关系，不是上下级关系。老舍先生这样“作家领导”的作风在市文联留下很好的影响，大家都平等相处，开诚布公，说话很少顾虑，都有点书生气，书卷气。他的这种领导风格，正是我们今天很多文化单位的领导所缺少的。

老舍先生是市文联的主席，自然也要处理一些“公务”，看文件，开会，做报告（也是由别人起草的）……但是作为一个北京市的文化工作的负责人，他常常想一些别人没有想到或想不到的问题。

北京新中国成立前有一些盲艺人，他们沿街卖艺，有时还兼带算命，生活很苦。他们的“玩意儿”和睁眼的艺人不全一样。老舍先生和一些盲艺人熟识，提议把这些盲艺人组织起来，使他们的生活有出路，别让他们的“玩意儿”绝了。为了引起各方面的重视，他把盲艺人请到市文联演唱了一次。老舍先生亲自主持，作了介绍，还特烦两位老艺人翟少平、王秀卿唱了一段《当皮箱》。这是一个喜剧性的牌子曲，里面有一个人物是当铺的掌柜，说山西话；有一牌子叫“鹦哥调”，句尾和声用喉舌做出有点像母猪拱食的声音，很特别，很逗。这个段子和这个牌子，是睁眼艺人没有的。老舍先生那天显得很兴奋。

北京有一座智化寺，寺里的和尚作法事和别的庙里的不一样，演奏音乐。他们演奏的乐调不同凡响，很古。所用乐谱别人不能识，记谱的符号不是工尺，而是一些奇奇怪怪的笔道。乐器倒也和现在常见的差不多，但主要的乐器却是管。据说这是唐代的“燕乐”。新中国成立后，寺里的和尚多半已经各谋生计了，但还能集拢在一起。老舍先生把他们请来，演奏了一次。音乐界的同志对这堂活着的古乐都很感兴趣。老舍先生为此也感到很兴奋。

《当皮箱》和“燕乐”的下文如何，我就不知道了。

老舍先生是历届北京市人民代表。当人民代表就要替人民说话，以前人民代表大会的文件汇编是把代表提案都印出来的。有一年老舍先生的提案是：希望政府解决芝麻酱的供应问题。那一年北京芝麻酱缺货。老舍先生说：“北京人夏天离不开芝麻酱！”不久，北京的油盐店里有芝麻酱卖了，北京人又吃上了香喷喷的麻酱面。

老舍是属于全国人民的，首先是属于北京人的。

一九五四年，我调离北京市文联，以后就很少上老舍先生家里去了。听说他有时还提到我。

一九八四年三月三十日

载一九八四年第五期《北京文学》

生机·长进树皮里的铁蒺藜

玉渊潭当中有一条南北的长堤，把玉渊潭隔成了东湖和西湖。堤中间有一水闸，东西两湖之水可通。东湖挨近钓鱼台。“四人帮”横行时期，沿东湖岸边拦了铁丝网。附近的老居民把铁丝网叫作铁蒺藜。铁丝网就缠在湖边的柳树干上，绕一个圈，用钉子钉死。东湖被圈禁起来了。湖里长满了水草，有成群的野鸭凫游，没有人。湖中的堤上还可以通过，也可以散散步，但是最好不要停留太久，更不能拍照。我的孩子有一次带了一个照相机，举起来对着钓鱼台方向比了比，马上走过来一个解放军，很严肃地说：“不许拍照！”行人从堤上过，总不禁要向钓鱼台看两眼，心里想：那里头现在在干什么呢？

“四人帮”粉碎后，铁丝网拆掉了。东湖解放了。岸上有人散步，遛鸟，湖里有了游船，还有人划着轮胎内带扎成的筏子撒网捕鱼，有人弹吉他、吹口琴、唱歌。住在附近的老人每天在固定的地方聚会闲谈。他们谈柴米油盐、男婚女嫁、玉渊潭的变迁……

但是铁蒺藜并没有拆净。有一棵柳树上还留着一圈。铁蒺藜勒得紧，柳树长大了，把铁蒺藜长进树皮里去了。兜着铁蒺藜的树皮愈合了。鼓出了一圈，外面还露着一截铁的毛刺。

有人问：“这棵树怎么啦？”

一个老人说：“铁蒺藜勒的！”

这棵柳树将带着一圈长进树皮里的铁蒺藜继续往上长，长得很大，很高。

载一九八五年第八期《丑小鸭》

午门忆旧

北京解放前夕，一九四八年夏天到一九四九年春天，我曾在午门的历史博物馆工作过一段时间。

午门是紫禁城总体建筑的一个重要的组成部分。这是故宫的正门，是真正的“宫门”。进了天安门、端门，这只是宫廷的“前奏”，进了午门，才算是进了宫。有午门，没有午门，是不大一样的，没有午门，进天安门、端门，直接看到三大殿，就太敞了，好像一件衣裳没有领子。有午门当中一隔，后面是什么，都瞧不见，这才显得宫里神秘庄严，深不可测。

午门的建筑是很特别的。下面是一个凹形的城台。城台上正面是一座九间重檐庑殿顶的城楼；左右有重檐的方亭四座。城楼和这四座正方的亭子之间，有廊庑相连属，稳重而不笨拙，玲珑而不纤巧，极有气派，俗称为“五凤楼”。在旧戏里，五凤楼成了皇宫的代称。《草桥关》里姚期唱:“到来朝陪王在那五凤楼”,《珠帘寨》里程敬思唱道:“为千岁懒登五凤楼”，指的就是这里。实际上姚期和程敬思都是不会登上五凤楼的。楼不但大臣上不去，就是皇帝也很少上去。

午门有什么用呢？旧戏和评书里常有一句话:“推出午门斩首！”哪能呢！这是编戏编书的人想象出来的。午门的用处大概有这么三项：一是逢什么大典时，皇上登上城楼接见外国使节。曾见过一幅紫铜的版刻，刻的就是这一盛典。外国使节、满汉官员，分班肃立，极为隆重。是哪一位皇上，庆的是何节日，已经记不清了。其次是献俘。打了胜仗（一般都是镇压了少数民族），要把俘虏（当然不是俘虏的全部，只是代表性的人物）押解到京城来。献俘本来应该在太庙。《清会典礼部》:“解送俘囚至京师，钦天监择日献俘于太庙社稷。”但据熟悉掌故的同志说，在午门。到时候皇上还要坐到城楼亲自过过目。究竟在哪里，余生也晚，未能亲历，只好存疑。第三，大概是午门最有历史意义，也最有戏剧性的故实，是在这里举行廷杖。廷杖，顾名思义，是在朝廷上受杖。不过把一位大臣按在太和殿上打屁股，也实在不大像样子，所以都在午门外举行。廷杖是对廷臣的酷刑。据朱国桢《涌幢小品》，廷杖始于唐玄宗时。但是盛行似在明代。原来不过是“意思意思”。《涌幢小品》说：“成化以前，凡廷杖者不去衣，用厚棉底衣，毛毡迭帊，示辱而已。”穿了厚棉裤，又垫着几层毡子，打起来想必不会太疼。但就这样也够呛，挨打以后，要“卧床数日，而后得愈”。“正德初年，逆瑾（刘瑾）用事，恶廷臣，始去衣。”——那就说脱了裤子，露出屁股挨打了。“遂有杖死者。”掌刑的是“厂卫”。明朝宦官掌握的特务机关有东厂、西厂，后来又有中行厂。廷杖在午门外进行，抡杖的该是中行厂的锦衣卫。五凤楼下，血肉横飞，是何景象？

不知从什么时候起，五凤楼就很少有人上去。“马道”的门锁着。民国以后，在这里建立了历史博物馆。据历史博物馆的老工友说，建馆后，曾经修缮过一次，从城楼的天花板上扫出了一些烧鸡骨头、荔枝壳和桂圆壳。他们说，这是“飞贼”留下来的。北京的“飞贼”做了案，就到五凤楼天花板上藏着，谁也找不着——那倒是，谁能搜到这样的地方呢？老工友们说，“飞贼”用一根麻绳，一头系一个大铁钩，一甩麻绳，把铁钩搭在城垛子上，三把两把，就“就”上来了。这种情形，他们谁也不会见过，但是言之凿凿。这种燕子李三式的人物引起老工友们美丽的向往，因为他们都已经老了，而且有的已经半身不遂。

“历史博物馆”名目很大，但是没有多少藏品，东边的马道里有两尊“将军炮”，是很大的铜炮，炮管有两丈多长。一尊叫作“武威将军炮”，另一尊叫什么将军炮，忘了，据说张勋复辟时曾起用过两尊将军炮，有的老工友说他还听到过军令：“传武威将军炮！”传“××将军炮！”是谁传？张勋，还是张勋的对立面？说不清。马道拐角处有一架李大钊烈士就义的绞刑机。据说这架绞刑机是德国进口的，只用过一次。为什么要把这东西陈列在这里呢？我们在写说明卡片时，实在不知道如何下笔。

城楼（我们习惯叫作“正殿”）里保留了皇上的宝座。两边铁架子上挂着十多件袁世凯祭孔用的礼服，黑缎的面料，白领子，式样古怪，道袍不像道袍。这一套服装为什么陈列在这里，也莫名其妙。

四个方亭子陈列的都是没有多大价值，也不值什么钱的文物：不知道来历的墓志、烧瘫在“匣”里的钧窑瓷碗、清代的“黄册”（为征派赋役编造的户口册），殿试的卷子、大臣的奏折……西北角一间亭子里陈列的东西却有点特别，是多种刑具。有两把杀人用的鬼头刀，都只有一尺多长。我这才知道杀头不是用力把脑袋砍下来，而是用“巧劲”把脑袋“切”下来。最引人注意的是一套凌迟用的刀具，装在一个木匣里，有一二十把，大小不一。还有一把细长的锥子。据说受凌迟的人挨了很多刀，还不会死，最后要用这把锥子刺穿心脏，才会气绝。中国的剐刑搞得这样精细而科学，真是令人叹为观止。

整天和一些价值不大、不成系统的文物打交道，真正是“抱残守缺”。日子过得倒是蛮清闲的。白天检查检查仓库，更换更换说明卡片，翻翻资料，都是可做可不做的事情。下班后，到左掖门外筒子河边看看算卦的算卦，——河边有好几个卦摊；看人叉鱼，——叉鱼的沿河走，捏着鱼叉，欻地一叉下去，一条二尺来长的黑鱼就叉上来了。到了晚上，天安门、端门、左右掖门都关死了，我就到屋里看书。我住的宿舍在右掖门旁边，据说原是锦衣卫——就是执行廷杖的特务值宿的房子。四外无声，异常安静。我有时走出房门，站在午门前的石头坪场上，仰看满天星斗，觉得全世界都是凉的，就我这里一点是热的。

北平一解放，我就告别了午门，参加四野南下工作团南下了。从此就再也没有到午门去看过，不知道午门现在是什么样子。

有一件事可以记一记。解放前一天，我们正准备迎接解放。来了一个人，说：“你们赶紧收拾收拾，我们还要办事呢！”他是想在午门上登基。这人是个疯子。

一九八六年一月九日

载一九八六年第五期《北京文学》

玉渊潭的传说

玉渊潭公园范围很大。东接钓鱼台，西到三环路，北靠白堆子、马神庙，南通军事博物馆。这个公园的好处是自然，到现在为止，还不大像个公园，——将来可不敢说了。没有亭台楼阁、假山花圃。就是那么一片水，好些树。绕湖边长堤，转一圈得一个多小时。湖中有堤，贯通南北，把玉渊潭分为西湖和东湖。西湖可游泳，东湖可划船。湖边有很多人钓鱼，湖里有人坐了汽车内胎扎成的筏子撒网。堤上有人遛鸟。有两三处是鸟友们“会鸟”的地方。画眉、百灵，叫成一片。有人打拳、做鹤翔桩、跑步。更多的人是遛弯儿的。遛弯有几条路线，所见所闻不同。常遛的人都深有体会。有一位每天来遛的常客，以为从某处经某处，然后出玉渊潭，最有意思。他说：“这个弯儿不错。”

每天遛弯儿，总可遇见几位老人。常见，面熟了，见到总要点点头："遛遛？"——"吃啦？"——"今儿天不错，——没风！"……

几位老人都已经八十上下了。他们是玉渊潭的老住户，有的已经住了几辈子。他们原来都是种地的，退休了。身子骨都挺硬朗。早晨，他们都绕长堤遛弯儿。白天，放放奶羊、莳弄莳弄巴掌大的一块菜地、摘一点喂鸡的猪儿草。晚饭后大都聚在湖北岸水闸旁边聊天。尤其是夏天，常常聊到很晚。这地方凉快。

我听他们聊，不免问问玉渊潭过去的事。

他们说玉渊潭原本是一片荒地，没有什么人来。只有每年秋天，热闹几天。城里很多人到玉渊潭来吃烤肉，——北京人不是讲究"贴秋膘"吗？各处架起烤肉炙子，烧着柴火，烤肉的香味顺风飘得老远……

秋高气爽，到野地里吃烤肉，瞧瞧湖水，闻着野花野草的清香，确实是一件乐事。我倒愿意这种风气能够恢复。不过，很难了！

老人们说：这玉渊潭原本是私人的产业，是张××的（他们把这个姓张的名字叫得很真凿，我曾经记住，后来忘了）。那会儿玉渊潭就是当中有一条陆地，种稻子。土肥水好，每年收成不错，玉渊潭一带的人，种的都是张家的地。

他们说：不但玉渊潭，由打阜成门，一直到现在的三环路，都是张 ×× 的，他一个人的。

（这可能么？）

这张 ×× 是怎么发的家呢？他是做“供”的。早年间北京人订供，不是一次给钱，而是分期给，按时给，从正月给到腊月，年底下就能捧回去一盘供。这张 ×× 收了很多家的钱，全花了。到了年根，要面没面，要油没油，拿什么给人家呀！他着急呀，睡不着觉。迷迷糊糊地，着了。做了一个梦。梦里听见有人跟他说：张 ××，哪儿哪儿有你的油，你的面，你去拉吧！他醒来，到了那儿，有一所房，里面有油，有面。他就赶着车往外拉。怎么拉也拉不完。怎么拉，也拉不完。起那儿，他就发了大财了！

这个传说当然不可信，情节也比较一般化。不过也还有点意思。从这个传说让我了解了几件事。

第一，北京人家过年，家家都要有一盘供。南方人也许不知道什么是“供”。供，就是面擀成指头粗的条，在油里炸透，蘸了蜂蜜，堆成宝塔形，供在神案上的一种甜食。这大概本来是佛教敬奉释迦牟尼的东西，而且本来可能是庙里制作的。《红楼梦》第一回写葫芦庙中炸供，和尚不小心，油锅火逸，造成火灾，可为旁证。不过《红楼梦》写炸供是在三月十五，而北京人家摆供则在大年初一，季节不同。到后来，就不只是敬给释迦牟尼了，天上地下，各教神仙都有份。似乎一切神佛都爱吃甜东西。其实爱吃这种甜食的是孩子。北京的孩子大概都曾乘大人看不见的时候，偷偷地掰过供尖吃。到了撤供的时候，一盘供就会矮了一截。现在过年的时候，没有人家摆供了，不过点心铺里还有“蜜供”卖，只是不复堆成宝塔形，而是一疙瘩一块的。很甜，有一点蜜香。

第二，我这才知道，北京人家订供，用的是这种“分期付款”的办法。分期付款，我原以为是外国传来的，殊不知中国，北京，古已有之。所不同的，现在的分期付款是先取了东西，再陆续付钱，订供则是先钱后货。小户人家，到年底一次拿出一笔钱来办供，有些费劲，这样零揪着按月交钱，就轻松多了；做供的呢，也可以攒了本钱，从容备料。买主卖主，两得其便。这办法不错！

第三，这几位老人对这传说毫不怀疑。他们是当真事儿说的。他们说张 ×× 实有其人，他们说他就住在三环路的南边。他们说北京人有一句话：“你有钱！——你有钱能比得了张 ×× 吗？”这几位老人都相信：人要发财，这是天意，这是命。因此，他们都顺天而知命，与世无争，不作非分之想。他们勤劳了一辈子，恬淡寡欲，心平气和。因此，他们都长寿。

一九八六年一月十三日

载一九八六年第五期《北京文学》

吃食和文学·苦瓜是瓜吗？

昨天晚上，家里吃白兰瓜。我的一个小孙女，还不到三岁，一边吃，一边说："白兰瓜、哈密瓜、黄金瓜、华莱士瓜、西瓜，这些都是瓜。"我很惊奇了：她已经能自已经过归纳，形成"瓜"的概念了（没有人教过她）。这表示她的智力已经发展到了一个重要的阶段。凭借概念，进行思维，是一切科学的基础。她奶奶问她："黄瓜呢？"她点点头。"苦瓜呢？"她摇摇头。我想：她大概认为"瓜"是可吃的，并且是好吃的（这些瓜她都吃过）。今天早起，又问她："苦瓜是不是瓜？"她还是坚决地摇了摇头，并且说明她的理由："苦瓜不像瓜。"我于是进一步想：我对她的概念的分析是不完全的。原来在她的"瓜"概念里除了好吃不好吃，还有一个像不像的问题（苦瓜的表皮疙里疙瘩的，也确实不大像瓜）。我翻了翻《辞海》，看到苦瓜属葫芦科。那么，我的孙女认为苦瓜不是瓜，是有道理的。我又翻了翻《辞海》的“黄瓜”条：黄瓜也是属葫芦科。苦瓜、黄瓜习惯上都叫作瓜；而另一种很“像”是瓜的东西，在北方却称之为“西葫芦”。瓜乎？葫芦乎？苦瓜是不是瓜呢？我倒糊涂起来了。

前天有两个同乡因事到北京，来看我。吃饭的时候，有一盘炒苦瓜。同乡之一问：“这是什么？”我告诉他是苦瓜。他说：“我倒要尝尝。”夹了一小片入口：“乖乖！真苦啊！——这个东西能吃？为什么要吃这种东西？”我说：“酸甜苦辣咸，苦也是五味之一。”他说：“不错！”我告诉他们这就是癞葡萄。另一同乡说：“‘癞葡萄’，那我知道的。癞葡萄能这个吃法？”

“苦瓜”之名，我最初是从石涛的画上知道的。我家里有不少有正书局珂罗版印的画集，其中石涛的画不少。我从小喜欢石涛的画。石涛的别号甚多，除石涛外有释济、清湘道人、大涤子、瞎尊者和苦瓜和尚。但我不知道苦瓜为何物。到了昆明，一看：哦，原来就是癞葡萄，我的大伯父每年都要在后园里种几棵癞葡萄，不是为了吃，是为成熟之后摘下来装在盘子里看着玩的。有时也剖开一两个，挖出籽儿来尝尝。有一点甜味，并不好吃。而且颜色鲜红，如同一个一个血饼子，看起来很刺激，也使人不大敢吃它。当作菜，我没有吃过。有一个西南联大的同学，是个诗人，他整了我一下子。我曾经吹牛，说没有我不吃的东西。他请我到一个小饭馆吃饭，要了三个菜：凉拌苦瓜、炒苦瓜、苦瓜汤！我咬咬牙，全吃了。从此，我就吃苦瓜了。

苦瓜原产于印度尼西亚，中国最初种植是广东、广西。现在云南、贵州都有。据我所知，最爱吃苦瓜的似是湖南人。有一盘炒苦瓜，——加青辣椒、豆豉、少放点猪肉，湖南人可以吃三碗饭。石涛是广西全州人，他从小就是吃苦瓜的，而且一定很爱吃。“苦瓜和尚”这别号可能有一点禅机，有一点独往独来，不随流俗的傲气，正如他叫“瞎尊者”，其实并不瞎；但也可能是一句实在话。石涛中年流寓南京，晚年久住扬州。南京人、扬州人看见这个和尚拿癞葡萄来炒了吃，一定会觉得非常奇怪的。

北京人过去是不吃苦瓜的。菜市场偶尔有苦瓜卖，是从南方运来的。买的也都是南方人。近二年北京人也有吃苦瓜的了，有人还很爱吃。农贸市场卖的苦瓜都是本地的菜农种的，所以格外鲜嫩。看来人的口味是可以改变的。

由苦瓜我想到几个有关文学创作的问题。

一、应该承认苦瓜也是一道菜。谁也不能把苦从五味里开除出去。我希望评论家、作家——特别是老作家，口味要杂一点，不要偏食。不要对自己没有看惯的作品轻易地否定、排斥。不要像我的那位同乡一样，问道："这个东西能吃？为什么要吃这种东西？"提出"这样的作品能写？为什么要写这样的作品？"我希望他们能习惯类似苦瓜一样的作品，能吃出一点味道来，如现在的某些北京人。

二、《辞海》说苦瓜"未熟嫩果作蔬菜，成熟果瓤可生食"。对于苦瓜，可以各取所需，愿吃皮的吃皮，愿吃瓤的吃瓤。对于一个作品，也可以见仁见智。可以探索其哲学意蕴，也可以踪迹其美学追求。北京人吃凉拌芹菜，只取嫩茎，西餐馆做罗宋汤则专要芹菜叶。人弃人取，各随尊便。

三、一个作品算是现实主义的也可以，算是现代主义的也可以，只要它真是一个作品。作品就是作品。正如苦瓜，说它是瓜也行，说它是葫芦也行，只要它是可吃的。苦瓜就是苦瓜。——如果不是苦瓜，而是狗尾巴草，那就另当别论。截至现在为止，还没有人认为狗尾巴草很好吃。

一九八六年九月六日

载一九八七年第一期《作品》

钓鱼台

我在钓鱼台西边住了好几年，不知道钓鱼台里面是什么样子。

钓鱼台原是一片野地，清代，清明前后，偶尔有闲散官员爱写写诗的，携酒来游。这地方很荒凉，有很多坟。张问陶《船山诗草闰 二月十六日清明与王香圃徐石溪查兰圃小山兄弟携酒游钓鱼台看桃花归过白云观法源寺即事二首》云："荒坟沿路有，浮世几人闲"。可证。这里的景致大概是："柳枝漠漠笼青烟，山桃欲开红可怜。人声渐远波声小，一片明湖出林杪"（《船山诗草 十九日刁之招国子卿竹堂稚存琴山质夫立凡携酒游钓鱼台》）。不知道从什么时候起，逐渐营建，最后成了国宾馆。

钓鱼台的周围原来是竹竿扎成的篱笆，竹竿上涂绿油漆，从篱笆窟窿中约略可见里面的房屋树木。“文化大革命”初期，不是一九六六年就是一九六七年，改筑了围墙，里面就什么也看不见了。围墙上安了电网，隔不远有一个红灯泡。晚上红灯一亮，瞧着有点瘆人。围墙东面、北面各开一座大门。东面大门里是一座假山；北面大门里砌了一个很大的照壁，遮住行人的视线。照壁上涂了红漆，堆出五个笔势飞动的金字：“为人民服务”。门里安照壁，本是常事，但是这五个字用在这里，似乎不怎么合适。为什么搞得这样戒备森严起来了呢？原因之一，是江青常常住在这里，“文化大革命”的许多重大决策都是由这里做出的。不妨说，这是“文革”的策源地。我每天要从“为人民服务”之前经过，觉得照壁后面，神秘莫测。

我们街坊有两个孩子爬到五楼房顶上拿着照相机对着钓鱼台拍照，刚按快门，这座楼已经被钓鱼台的警卫围上了。

钓鱼台原来有一座门，靠南边，朝西，像一座小城门，石头额上有三个馆阁体的楷书：“钓鱼台”。附近的居民称之为“古门”。这座门正对玉渊潭。玉渊潭和钓鱼台原是一体。张问陶诗中的“一片明湖出林杪”，指的正是玉渊潭。玉渊潭有一条贯通南北的堤，把潭分成东西两半，堤中有水闸，东西两湖的水是相通的。原来潭东、潭西和当中的土堤都是可以走人的。自从江青住进钓鱼台之后，把挨近钓鱼台的东湖沿岸都安了带毛刺的铁丝网，——老百姓叫它“铁蒺藜”。铁蒺藜是钉在沿岸的柳树上的。这样，东湖就成了禁地。行人从潭中的堤上走过时，不免要向东边看一眼，看看可望而不可即的钓鱼台，沉沉烟霭，苍苍树木。

“四人帮”垮台后，铁蒺藜拆掉了，东湖解放了。湖中有人划船、钓鱼、游泳。东堤上又可通行了。很多人散步，练气功、遛鸟。有些游人还爱扒在“古门”的门缝上往里看。警卫的战士看到，也并不呵斥。有一年，修缮西南角的建筑，为了运料方便，打开了古门，人们可以看到里面的“养元斋”，一湾流水，几块太湖石，丛竹高树。钓鱼台不再那么神秘了。

原来的铁蒺藜有的是在柳树上箍一个圈，再用钉子钉上的，有一棵柳树上的铁蒺藜拆不净，因为它已经长进树皮里，拔不出来了。这棵柳树就带着外面拖着一截的铁蒺藜往上长，一天比一天高。这棵带着铁蒺藜的树，是“四人帮”作恶的一个历史见证。似乎这也像经了“文化大革命”一通折腾之后的中国人。

一九八七年八月十七日

字的灾难

北京人遭到一场字的灾难。

从前在北京上街，遇不到这样多的字。看到一些字，是很愉快的。到琉璃厂一带看看“青藜阁”之类的旧书店、各家南纸店的招牌，是一种享受。这些匾大小合适，制作讲究而朴素，字体清雅无火气。

经过卖藤萝饼的“正明斋”，卖帽子的“同陞和”，招牌上骨力强劲而并不霸悍的大字会使人放慢脚步，多看两眼。许多不大的铺子门前，还能看到“有匾皆书墉”的王墉的稍带行书笔意的欧体字，虽多，但不俗。东单牌楼香烛店的“细心坚烛、诚意高香”，西单牌楼桂香村的“味珍鸡蹠、香渍豚蹄”，那字也看得过去。就是煤铺门外粉壁上的“乌金墨玉、石火光恒”，写的也并非“酱肘子字”，北京牌匾的字多可看，让人觉得北京真是“文化城”，有文化。

现在可不然了。满街都是字。许多店铺把所卖的货物用红漆写在门前的白墙上，更多的是用塑料刻的字反贴在橱窗的大玻璃上。一个五金交电公司，可以把阀门、导管、扁线、圆线、开关、变压器……一塌刮子都标明在橱窗上，写得满满的。这是干什么？如果是中药店呢？是不是要把人参、鹿茸、甘草、黄芪、防风、连翘、肉桂、厚朴、槟榔、通草、福橘络、菟丝子……都写在橱窗上？再加上到处的菜摊都用竖立的黑板，白粉大书：“艽”；所有的小饭馆都在门外矗着一个红漆的牌子，用黄色的广告色写道：“涮羊肉”，于是北京到处是字，喧嚣哄闹，一塌糊涂。

“文化大革命”以后，逐渐恢复了请人写招牌的风气，这本是好事。我很欣赏天桥实惠餐馆的一块很小的匾，黑地绿字，写的是繁体字，笔画如兰叶，稍带分书笔意，却不作蚕头燕尾，字体微长，横平竖直，很雅致。大字里最好的我以为是“懋隆”，只有两个字。这两个字笔画都多，本不好摆，但是位置摆得恰好，很稳，而且笔到墨到，流畅饱满。我最初怀疑这是集的郑孝胥的字，后来看落款，是赵朴初写的（落款有损“画面”的完整，没有原来的好看了）。赵朴老的匾还有一块写得很好的是“功德林”（这是一个素菜馆）。启功写的匾，我以为最好看的是“洞庭春酒家”，不大，黑地金字，放在一个垂花门里，真是美极了。启功老的字书生气重，放得太大，易显得单薄，这样大小正合适。陈叔老（亮）的字功力深厚。虽枯实腴，但笔稍瘦，又喜作行草，于牌匾不甚相宜。如为“鸿霞”写的一块，字很好，但那“霞”字写得很草，恐怕很多人不认得。近二三年，写的字在商店、公司、餐厅间最时行的，似是刘炳森和李铎。他们是中年书法家。刘炳森的字我在京西宾馆看过两个条幅，隶书，规规矩矩，笔也提得起，是汉隶，很不错。但是他写的招牌笔却是扁的，完全如包世臣所说：“毫铺纸上”，不知是写时即是这样，还是做招牌做成了这样？他的字常被用氧化铝这类的金属贴面，表面平滑，锃光瓦亮，越发显得笔很扁。隶书是不宜用这样的“工艺”处理的。

李铎的字我在卧龙冈武侯祠看到过一副对联，字很潇洒，用笔犹有晋人意（不知我有没有记错）。但他近年的字变了，用笔捩转，结体险怪，字有怒气。这种字写八尺甚至丈二匹的大横幅，很有气势，但作商店的招牌不甚相宜。抬头看见几个愤愤不平的大字，也许会使顾客望而却步。

刘炳森和李铎的字在商业界似乎已经产生一种迷信，似乎有了这样的字的招牌，这个买卖才算个像样的买卖，有如过去上海的银楼、绸缎庄都得请武进唐驼写一块匾，天津则粮食店、南货店都得请华世奎写一样。刘炳森和李铎应该意识到自己的社会责任，除了照顾老板、经理的商业心理（他们的字写成某种样子可能受了买主的怂恿），也照顾一下市民的审美心理。你们有没有意识到，你们的字对北京的市容是有影响的？

北京街上字多，而且越来越大，五颜六色，金光闪闪，这反映了北京人的一种浮躁的文化心理。希望北京的字少一点，小一点，写得好一点，使人有安定感，从容感。这问题的重要性不下于加强绿化。

载一九八八年六月五日《光明日报》

晚岁渐于诗律细

我知道刃锋，在四十年代。刃锋成名甚早。新中国成立前历次全国木刻展览，刃锋的作品都很突出。展品选为画册，刃锋之作，常居于显著地位。所表现的多为苦难的土地和人民，刀法刚劲，充满反抗意识。

五十年代初，得识刃锋于北京，我们都在市文联。我在《说说唱唱》当编辑。编辑部在霞公府楼上，两间日本人留下来的房子，——门是纸门。刃锋的画室和编辑部之间，只隔了端木蕻良的书斋。我时常踱到刃锋屋里，看他作画，听他聊天。刃锋读书多，哲学、美术史、美术理论，无不涉猎。说话很慷慨，多顿挫，有点白居易所说“气粗言语大”的劲头。一九五五年我调到中国民间文艺研究会，刃锋仍留在市文联，彼此见面遂少。

刃锋一生坎坷。解放前过了多年流亡生活，颠沛于沪渝等地。解放后生活稍稍安定。一九五七年被划成右派。这是意料中事。他是最早划为右派的，而摘掉帽子又甚晚，直到七十年代，原因是属于“死不悔改的右派”云云。这却是没有想到的。这些年我没有见到过刃锋，只听说他境遇很不好，但还在作画。

一天，刃锋忽然来看我。谈锋依然很健，谈论书画、臧否人物，毫无保留。我心里想：汪刃锋还是汪刃锋，真是死不悔改的了。

刃锋告诉我，他要办一次回顾展，带来一些国画彩色照片让我看，我看了，觉得二十多年，刃锋还是有变化的。第一，“庾信文章老更成”，刃锋更成熟了。这没有什么奇怪，画家总是越老越成熟的。第二，对我说起来倒是有点新鲜的：“晚岁渐于诗律细”。刃锋早年的画，奔放的多，近期的画却趋于严谨了。画属“小写意”，笔笔都交代得很清楚，有笔有墨，画面极干净，不像时下许多画家，看起来大刀阔斧，水墨淋漓，很能“虎”人，但笔笔经不起推敲。刃锋的构图很稳，不以险怪取胜。这是不能藏拙，也不易讨巧的。但是刃锋选择了一条不欺世、不骇俗、扎扎实实的路子，这是需要勇气的。

刃锋长于书法，中年后写怀素，用中锋，但有法度，不像包世臣所说的“信笔”，——目下写狂草的，多“信笔”，让笔牵着自己走。刃锋题大幅画，每用隶书，但很舒展秀丽，不像许多人写的隶书似乎苍苍莽莽，实是美术字而已。看来刃锋是写了几年《曹全碑》《张迁碑》的。

刃锋稍长于我，才过了七十，身体精力都不错，他还能画好多年。相信他会进入一个更新的境界。

载一九八九年五月二十八日《光明日报》

和　尚

静融法师

我有一方很好的图章，田黄“都灵坑”，犀牛纽，是一个和尚送给我的。印文也是他自刻的，朱文，温雅似浙派，刻得很不错（田黄的印不宜刻得太“野”，和石质不相称）。这个和尚法名静融，一九五一年和我一同到江西参加土改，回北京后。送了我这块图章。章不大，约半寸见方（田黄大的很少），我每为人作小幅字画，常押用，算来已经三十七八年了。

这次土改是全国性的，也是最后的一次，规模很大。我们那个土改工作团分到江西进贤。这个团的成员什么样的人都有。有大学教授、小学校长、中学教员、商业局的、园林局的、歌剧院的演员、教会医院的医生、护士长，还有这位静融法师。浩浩荡荡，热热闹闹。

我和静融第一次有较深的接触，是说服他改装。他参加工作团时穿的是僧衣——比普通棉袄略长的灰色斜领棉衲。到了进贤，在县委学文件，领导上觉得他穿了这样的服装下去，影响不好，决定让他换装。静融不同意，很固执。找他谈了几次话，都没用。后来大家建议我找他谈谈，说是他跟我似乎很谈得来。我不知道跟他说了一通什么把马列主义和佛教教义混杂起来的歪道理，居然把他说服了。其实不是我的歪道理说服了他，而是我的态度较好，劝他一时从权，不像别的同志，用“组织性”“纪律性”来压他。静融临时买了一套蓝咔叽布的干部服，换上了。

我们的小组分到王家梁。一进村，就遇到一个难题：一个恶霸富农自杀了。这个地方去年曾经搞过一次自发性的土改，这个恶霸富农被农民打得残废了，躺在床上一年多，听说土改队进了村，他害怕斗争，自杀了。他自杀的办法很特别，用一根扎腿的腿带，拴在竹床的栏杆上，勒住脖子，躺着，死了。我还没有听说过人躺着也是可以吊死的。我们对这种事毫无经验，不知应该怎么办。静融走上去，左右开弓打了富农两个大嘴巴，说：“埋了！”我问静融："为什么要打他两个嘴巴？"他说："这是法医验尸的规矩。"原来他当过法医。

静融跟我谈起过他的身世。他是胶东人。除了当过法医，他还教过小学，抗日战争时期拉过一支游击队，后来出了家。在北京，他住在动物园后面的一个庙里（是五塔寺么）。北京解放，和尚都要从事生产。他组织了一个棉服厂，主办一切。这人的生活经历是颇为复杂的。可惜土改工作紧张，能够闲谈的时候不多，我所知者，仅仅是这些。

静融搞土改是很积极的。我实在不知道他是怎样把阶级斗争和慈悲为本结合起来的，他的社会经验多，处理许多问题都比我们有办法。比如算剥削账，就比我们算得快。

我一直以为回北京后能有机会找他谈谈，竟然无此缘分。他刻了一方图章，到我家来，亲自送给我，未接数言，匆匆别去。我后来一直没有再看到过他。

静融瘦瘦小小，但颇精干利索。面黑，微有几颗麻子。

阎和尚

阎长山（北京市民叫"长山"的特多）是剧院舞台工作队的杂工，但是大家都叫他阎和尚。

我很纳闷："为什么叫他阎和尚？"

"他是当过和尚。"

我刚到北京时，看到北京和尚，以为极奇怪。他们不出家，不住庙，有家，有老婆孩子。他们骑自行车到人家去念佛。他们穿了家常衣服，在自行车后架上夹了一个包袱，里面是一件行头——袈裟，到了约好的人家，把袈裟一披，就和别的和尚一同坐下念经。事毕得钱，骑车回家吃炸酱面。阎和尚就是这样的和尚。

阎和尚后来到剧院当杂工，运运衣箱道具，也烧过水锅，管过"彩匣子"（化妆用品），但并不讳言他当过和尚。剧院很多人都干过别的职业。一个唱二路花脸的在搭不上班的年头卖过鸡蛋，后来落下一个外号："大鸡蛋"。一个检场的卖过糊盐。早先北京有人刷牙不用牙膏牙粉，而用炒煳的盐，这一天能卖多少钱？有人蹬过三轮，拉过排子车。剧院这些人干过小买卖、卖过力气，都是为了吃饭。阎和尚当过和尚，也是为了吃饭。

载一九八九年第五期《今古传奇》

人间草木

枸　杞

枸杞到处都有。枸杞头是春天的野菜。采摘枸杞的嫩头，略焯过，切碎，与香干丁同拌，浇酱油醋香油；或入油锅爆炒，皆极清香。夏末秋初，开淡紫色小花，谁也不注意。随即结出小小的红色的卵形浆果，即枸杞子。我的家乡叫作狗奶子。

我在玉渊潭散步，在一个山包下的草丛里看见一对老夫妻弯着腰在找什么。他们一边走，一边搜索。走几步，停一停，弯腰。

“您二位找什么？”

“枸杞子。”

“有吗？”

老同志把手里一个罐头玻璃瓶举起来给我看，已经有半瓶了。

“不少！”

“不少！”

他解嘲似的哈哈笑了几声。

“您慢慢捡着！”

“慢慢捡着！”

看样子这对老夫妻是离休干部，穿得很整齐干净，气色很好。

他们捡枸杞子干什么？是配药？泡酒？看来都不完全是。真要是需要，可以托熟人从宁夏捎一点或寄一点来。——听口音，老同志是西北人，那边肯定会有熟人。

他们捡枸杞子其实只是玩！一边走着，一边捡枸杞子，这比单纯的散步要有意思。这是两个童心未泯的老人，两个老孩子！

人老了，是得学会这样的生活。看来，这二位中年时也是很会生活，会从生活中寻找乐趣的。他们为人一定很好，很厚道。他们还一定不贪权势，甘于淡泊。夫妻间一定不会为柴米油盐、儿女婚嫁而吵嘴。

从钓鱼台到甘家口商场的路上，路西，有一家的门头上种了很大的一丛枸杞，秋天结了很多枸杞子，通红通红的，礼花似的，喷泉似的垂挂下来，一个珊瑚珠穿成的华盖，好看极了。这丛枸杞可以拿到花会上去展览。这家怎么会想起在门头上种一丛枸杞？

槐　花

玉渊潭洋槐花盛开，像下了一场大雪，白得耀眼。来了放蜂的人。蜂箱都放好了，他的“家”也安顿了。一个刷了涂料的很厚的黑色的帆布篷子。里面打了两道土堰，上面架起几块木板，是床。床上一卷铺盖。地上排着油瓶、酱油瓶、醋瓶。一个白铁桶里已经有多半桶蜜。外面一个蜂窝煤炉子上坐着锅。一个女人在案板上切青蒜。锅开了，她往锅里下了一把干切面。不大会儿，面熟了，她把面捞在碗里，加了佐料、撒上青蒜，在一个碗里舀了半勺豆瓣。一人一碗。她吃的是加了豆瓣的。

蜜蜂忙着采蜜，进进出出，飞满一天。

我跟养蜂人买过两次蜜，绕玉渊潭散步回来，经过他的棚子，大都要在他门前的树墩上坐一坐，抽一支烟，看他收蜜，刮蜡，跟他聊两句，彼此都熟了。

这是一个五十岁上下的中年人，高高瘦瘦的，身体像是不太好，他做事总是那么从容不迫，慢条斯理的。样子不像个农民，倒有点像一个农村小学校长。听口音，是石家庄一带的。他到过很多省。哪里有鲜花，就到哪里去。菜花开的地方，玫瑰花开的地方，苹果花开的地方，枣花开的地方。每年都到南方去过冬，广西、贵州。到了春暖，再往北翻。我问他是不是枣花蜜最好，他说是荆条花的蜜最好。这很出乎我的意料。荆条是个不起眼的东西，而且我从来没有见过荆条开花，想不到荆条花蜜却是最好的蜜。我想他每年收入应当不错。他说比一般农民要好一些，但是也落不下多少：蜂具，路费；而且每年要赔几十斤白糖——蜜蜂冬天不采蜜，得喂它糖。

女人显然是他的老婆。不过他们岁数相差太大了。他五十了，女人也就是三十出头。而且，她是四川人，说四川话。我问他：你们是怎么认识的？他说：她是新繁县人。那年他到新繁放蜂，认识了。她说北方的大米好吃，就跟来了。

有那么简单？也许她看中了他的脾气好，喜欢这样安静平和的性格？也许她觉得这种放蜂生活，东南西北到处跑，好耍？这是一种农村式的浪漫主义。四川女孩子做事往往很洒脱，想咋个就咋个，不像北方女孩子有那么多考虑。他们结婚已经几年了。丈夫对她好，她对丈夫也很体贴。她觉得她的选择没有错，很满意，不后悔。我问养蜂人：她回去过没有？他说：回去过一次，一个人，他让她带了两千块钱，她买了好些礼物送人，风风光光地回了一趟新繁。

一天，我没有看见女人，问养蜂人，她到哪里去了。养蜂人说，到我那大儿子家去了，去接我那大儿子的孩子。他有个大儿子，在北京工作，在汽车修配厂当工人。

她抱回来一个四岁多的男孩，带着他在棚子里住了几天。她带他到甘家口商场买衣服，买鞋，买饼干，买冰糖葫芦。男孩子在床上玩鸡啄米，她靠着被窝用钩针给他勾一顶大红的毛线帽子。她很爱这个孩子。这种爱是完全非功利的，既不是讨丈夫的欢心，也不是为了和丈夫的儿子一家搞好关系。这是一颗很善良，很美的心。孩子叫她奶奶，奶奶笑了。

过了几天，她把孩子又送了回去。

过了两天，我去玉渊潭散步，养蜂人的棚子拆了，蜂箱集中在一起。等我散步回来，养蜂人的大儿子开来一辆卡车，把棚柱、木板、煤炉、锅碗和蜂箱装好，养蜂人两口子坐上车，卡车开走了。

玉渊潭的槐花落了。

载一九九〇年第三期《散文》

录音压鸟

听到一种鸟声："光棍好苦。"奇怪！这一带都是楼房，怎么会飞来一只"光棍好苦"呢？鸟声使我想起南方的初夏、雨声、绿。"光棍好苦"也叫"割麦插禾""媳妇好苦"。这种鸟的学名是什么，我一直没有弄清楚，也许是"四声杜鹃"吧。接着又听见布谷鸟的声音："咕咕，咕咕。"唔？我明白了：这是谁家把这两种鸟的鸣声录了音，在屋里放着玩哩，——季节也不对，九十月不是"光棍好苦"和布谷叫的时候。听听鸟叫录音，也不错，不像摇滚乐那样吵人。不过他一天要放好多遍。一天下楼，又听见。

我问邻居："这是谁家老放'光棍好苦'？"

“八层！养了一只画眉，‘压’他那只鸟哪！”

过了几天，八层的录音又添了一段，母鸡下蛋：咯咯咯咯、咯咯咯咯、咯咯咯咯嗒……

又过了几天，又续了一段：咪噢，咪噢。小猫。

我于是肯定，邻居的话不错。

培训画眉学习鸣声，北京叫作“压”鸟。“压”亦写作“押”。

北京人养画眉，讲究有“口”。有的画眉能有十三或十四套口，即能学十三四种叫声。比较一般的是苇咋子（一种小水鸟）、山喜鹊（蓝灰色）、大喜鹊，还有“伏天儿”（蝉之一种），鸣声如“伏天伏天……”，我一天和女儿在玉渊潭堤上散步，听见一只画眉学猫叫，学得真像，我女儿不禁笑出声来：“这不是自己吓唬自己吗？”

听说有一只画眉能学“麻雀争风”：两只麻雀，本来挺好，叫得很亲热；来了个第三者，跟母麻雀调情，公麻雀生气了，和第三者打了起来；结果是第三者胜利了，公麻雀被打得落荒而逃，母麻雀和第三者要好了，在一处叫得很亲热。一只画眉学三只鸟叫，还叫出了情节，我真有点不相信。可是养鸟的行家都说这是真事。听行家们说，压鸟得让画眉听真鸟，学山喜鹊就让它听山喜鹊，学苇咋子就听真苇咋子；其次，就是向别的有“口”的画眉学。

北京养画眉的每天集中在一起，谓之“会鸟”，目的之一就是让画眉互相学习。靠听录音，是压不出来的！玉渊潭有一年飞来了一只“光棍好苦”，一只布谷，有一位，每天拿着录音机，追踪这两只鸟。我问养鸟的行家：“他这是干什么？”——“想录下来，让画眉学，——瞎白！”

北京养画眉的大概有不少人想让画眉学会“光棍好苦”和布谷。不过成功的希望很少。我还没听到一只画眉有这一套“口”的。那位不辞辛苦跟踪录音的“主儿”也是不得已。“光棍好苦”和布谷北京极少来，来了，叫两天就飞走了。让画眉跟真的“光棍好苦”和布谷学，“没门儿！”

我们楼八层的小伙子（我无端地觉得这个养画眉的是个年轻人，一个生手）录的这四套“学习资料”，大概是跟别人转录来的。他看来急于求成，一天不知放多少遍录音。一天到晚，老听他的“光棍好苦”“咕咕”“咯咯咯咯嗒”“喵呜”，不免有点叫人厌烦。好在，我有点幸灾乐祸地想，这套录音大概听不了几天了，他这只画眉是只“生鸟”，“压”不出来的。

我不反对画眉学别的鸟或别的什么东西的声音（有的画眉能学旧日北京推水的独轮小车吱吱扭扭的声音；有一阵北京抓社会治安，不少画眉学会了警车的尖利的叫声，这种不上“谱”的叫声，谓之“脏口”，养画眉的会一把抓出来，把它摔死）。也许画眉天生就有学这些声音的习性。不过，我认为还是让画眉“自觉自愿”地学习，不要灌输，甚至强迫。我担心画眉忙着学这些声音，会把它自己本来的声音忘了。画眉本来的鸣声是很好听的。让画眉自由地唱它自己的歌吧！

一九九一年十一月五日

本命年和岁交春

今年是猴年，我属猴，是我的本命年。北方把本命年很当一回事，以为是个“坎儿”，这一年要系一条红裤腰带。南方似无此说道。全国属猴的约占十二分之一。即使这一年对属猴的都不利，那么倒霉的也只是十二分之一的人口，小意思！

今年又是“岁交春”，大年初一立春。语云：“千年难得龙华会，万年难得岁交春”，难得的。据说岁交春大吉大利，这一年会风调雨顺，国泰民安。

假如猴年对我不利，而岁交春则非常吉利，那么，至少可以两抵。

北方人，尤其是北京人，很重视立春，那天要吃春饼。生葱、嫩韭、炒豆芽、炒菠菜、炒鸡蛋，与清酱肉、腊鸭，卷于薄面饼中食之。很好吃。管他吉利不吉利，今年初一，我下定决心：吃一次春饼！

载一九九二年二月三日《新民晚报》

食豆饮水斋闲笔·豌豆

在北市口卖熏烧炒货的摊子上，和我写的小说《异秉》里的王二的摊子上，都能买到炒豌豆和油炸豌豆。二十文（两枚当十的铜圆）即可买一小包，撒一点盐，一路上吃着往家里走。到家门口，也就吃完了。

离我家不远的越塘旁边的空地上，经常有几副卖零吃的担子。卖花生糖的。大粒去皮的花生仁，炒熟仍是雪白的，平摊在抹了油的白石板上，冰糖熬好，均匀地浇在花生米上，候冷，铲起。这种花生糖晶亮透明，不用刀切，大片，放在玻璃匣里，要买，取出一片，现约，论价。冰糖极脆，花生很香。卖豆腐脑的，我们那里的豆腐脑不像北京浇口蘑渣羊肉卤，只倒一点酱油、醋、加一滴麻油——用一只一头缚着一枚制钱的筷子，在油壶里一蘸，滴在碗里，真正只有一滴。但是加很多样零碎佐料：小虾米、葱花、蒜泥、榨菜末、药芹末——我们那里没有旱芹，只有水芹即药芹，我很喜欢药芹的气味。我觉得这样的豆腐脑清清爽爽，比北京的勾芡的黏黏糊糊的羊肉卤的要好吃。卖糖豌豆粥的。香粳晚米和豌豆一同在铜锅中熬熟，盛出后加洋糖（绵白糖）一勺。夏日于柳荫下喝一碗，风味不恶。我离乡五十多年，至今还记得豌豆粥的香味。

北京以豌豆制成的食品，最有名的是“豌豆黄”。这东西其实制法很简单，豌豆熬烂，去皮，澄出细沙，加少量白糖，摊开压扁，切成五寸 × 三寸的长方块，再加刀割出四方小块，分而不离，以牙签扎取而食。据说这是“宫廷小吃”，过去是小饭铺里都卖的，很便宜，现在只仿膳这样的大餐馆里有了，而且卖得很贵。

夏天，连阴雨天，则有卖煮豌豆的。整豌的豌豆煮熟，加少量盐，搁两个大料瓣在浮头上，用豆绿茶碗量了卖。虎坊桥有一个傻子卖煮豌豆，给得多。虎坊桥一带流传一句歇后语：“傻子的豌豆——多给”。北京别的地区没有这样的歇后语，想起煮豌豆，就会叫人想起北京夏天的雨。

早年前有磕豌豆木模子的，豌豆煮成泥，摁在雕成花样的木模子里，磕出来，就成了一个一个小玩意儿，小猫、小狗、小兔、小猪。买的都是孩子，也玩了，也吃了。

以上说的是干豌豆。新豌豆都是当菜吃。烩豌豆是应时当令的新鲜菜。加一点火腿丁或鸡茸自然很好，就是素烩，也极鲜美。烩豌豆不宜久煮，久煮则汤色发灰，不透亮。

全国兴起了吃荷兰豌豆也就近几年的事。我吃过的荷兰豆以厦门为最好，宽大而嫩。厦门的汤米粉中都要加几片荷兰豆，可以解海鲜的腥味。北京吃的荷兰豆都是从南方运来的。我在厦门郊区的田里看到正在生长着的荷兰豆，搭小架，水红色的小花，嫩绿的叶子，嫣然可爱。

豌豆的嫩头，我的家乡叫豌豆头，但将“豌”字读成“安”。云南叫豌豆尖，四川叫豌豆颠。我的家乡一般都是油盐炒食。云南、四川加在汤面上面，叫作“飘”或“青”。不要加豌豆苗，叫“免飘”；“多青重红”则是多要豌豆苗和辣椒。吃毛肚火锅，在涮了各种荤料后，浓汤之中推进一大盘豌豆颠，美不可言。

豌豆可以入画。曾在山东看到钱舜举的册页，画的是豌豆，不能忘。钱舜举的画设色娇而不俗，用笔稍细而能潇洒，我很喜欢。见过一幅日本竹内栖凤的画，豌豆花，叶颜色较钱舜举尤为鲜丽，但不知道为什么在豌豆前面画了一条赭色的长蛇，非常逼真。是不是日本人觉得蛇也很美？

一九九二年五月七日

傻 子

这一带有好几个傻子

一个是我们楼的傻八子。傻八子的妈生过八个孩子，他最小。傻八子两只小圆眼睛，鼻梁很低，几乎没有。他一天在人行道上走来走去，走得很慢，一步，一步，因为他很胖，肚子很大，走不快。他不停地自言自语。他妈说他爱“嘚啵”。我问他妈：“嘚啵什么？”——“电视、电视上听来的！”我注意听过，不知道说些什么，经常说的是：“你给我站住！……”似乎他的“嘚啵”是有个对象的。“嘚啵”几句，又呵呵地笑一阵。他还爱唱，没腔没调，没有字眼，声音像一张留声机的坏唱盘：“咦……啊……嘞……”。他有时倒吸气发出母猪一样的声音，这一带的孩子把这种声音叫作“打猪吭”。他不是什么都不明白，一边“嘚啵”着，见了熟人，也打招呼：“回来啦！”——“报纸来啦！”熟人走过，接着“嘚啵”。

他大哥要把他送到福利院去，——福利院是收容傻子的地方，他妈舍不得。

亚运会期间，街道办事处把他捆起来，送进福利院关了几天。亚运会结束，又放了回来。傻八子为此愤愤不平：“捆我！”

我问过傻八子：“你怎么不结婚？”傻八子用手指指他的太阳穴：“这儿，坏啦！”

附近有一个女傻子，喜欢上了傻八子，要嫁给他。傻八子妈不同意，说：“俩傻子，怎么弄！”

我们楼有个女的，是开发廊的，爱打扮，细长眼，涂眼影，画嘴唇，穿的衣服很“港”。有一天这女的要到传达室打电话，下台阶时，从傻八子旁边擦身而过，傻八子跟她不知呜噜呜噜说了句什么。我问女的，“他跟你说什么？”——“他说我没穿袜子。”我这才注意到女的趿了一双很精致的拖鞋。傻八子会注意好看的女人，注意到她的脚，他并不彻底的傻。

另一个傻子家在蒲黄榆拐角的胡同里，小个子，精瘦精瘦地，老是抱着肩膀匆匆忙忙地在这一带不停地走，嘴里也“嘚啵”，但是声音小，不像傻八子大声“嘚啵”。匆匆忙忙地走着：“嘚啵”着，一时吃吃地笑。

蒲安里有个小傻子，也就是十五六岁，长得挺好玩，又白又胖。夏天，光着上身，一身白肉；圆滚滚的肚子上挂着一条极肥大的白裤衩，在粮店和副食店之间的空地上，甩着胳臂齐步。见人就笑脸相迎，大声招呼：“你好！”——“你好！”

有一个傻子有四十岁了，穿得很整齐干净，他不“嘚啵”，只是一脸的忧郁，在胡同口抱着胳臂，低头注视着地面，一动不动。

北京从前好像没有那么多傻子，现在为什么这么多？

一九九二年六月十日

大妈们

我们楼里的大妈们都活得有滋有味，使这座楼增加了不少生气。

许大妈是许老头的老伴，比许老头小十几岁，身体挺好，没听说她有什么病。生病也只有伤风感冒，躺两天就好了。她有一根花椒木的拐杖，本色，很结实，但是很轻巧，一头有两个杈，像两个小犄角。她并不用它来拄着走路，而是用来扛菜。她每天到铁匠营农贸市场去买菜，装在一个蓝布兜里，把布兜的袢套在拐杖的小犄角上，扛着。她买的菜不多，多半是一把韭菜或一把茴香。走到刘家窑桥下，坐在一块石头上，把菜倒出来，择菜。择韭菜、择茴香。择完了，抖落抖落，把菜装进布兜，又用花椒木拐杖扛起来，往回走。她很和善，见人也打招呼，笑笑，但是不说话。她用拐杖扛菜，不是为了省劲，好像是为了好玩。到了家，过不大会，就听见她乒乒乓乓地剁菜。剁韭菜，剁茴香。她们家爱吃馅儿。

奚大妈是河南人，和传达室小邱是同乡，对小邱很关心，很照顾。她最放不下的一件事，是给小邱张罗个媳妇。小邱已经三十五岁，还没有结婚。她给小邱张罗过三个对象，都是河南人，是通过河南老乡关系间接认识的。第一个是奚大妈一个村的。事情已经谈妥，这女的已经在小邱床上睡了几个晚上。一天，不见了，跟在附近一个小旅馆里住着的几个跑买卖的山西人跑了。第二个在一个饭馆里当服务员。也谈得差不多了，女的说要回家问问哥哥的意见。小邱给她买了很多东西：衣服，料子、鞋、头巾……借了一辆平板三轮，装了半车，蹬车送她上火车站。不料一去再无音信。第三个也是在饭馆里当服务员的，长得很好看，高颧骨，大眼睛，身材也很苗条。就要办事了，才知道这女的是个“石女”。奚大妈叹了一口气：“唉！这事儿闹的！”

江大妈人非常好，非常贤惠，非常勤快，非常爱干净。她家里真是一尘不染。她整天不断地擦、洗、掸、扫。她的衣着也非常干净，非常利索。裤线总是笔直的。她爱穿坎肩，铁灰色毛涤纶的，深咖啡色薄呢的，都熨熨帖帖。她很注意穿鞋，鞋的样子都很好。她的脚很秀气。

她已经过六十了，近看脸上也有皱纹了，但远远一看，说是四十来岁也说得过去。她还能骑自行车，出去买东西，买菜，都是骑车去。看她跨上自行车，一踩脚蹬，哪像是已经有了四岁大的孙子的人哪！她平常也不大出门，老是不停地收拾屋子。她不是不爱理人，有时也和人聊聊天，说说这楼里的事，但语气很宽厚，不嚼老婆舌头。

顾大妈是个胖子。她并不胖得腮帮的肉都往下掉，只是腰围很粗。她并不步履蹒跚，只是走得很稳重，因为搬运她的身体并不很轻松。她面白微黄，眉毛很淡。头发稀疏。但是总是梳得很整齐服帖。她原来在一个单位当出纳，是干部。退休了，在本楼当家属委员会委员，也算是干部。家属委员会委员的任务是要换购粮本、副食本了，到各家敛了来，办完了，又给各家送回去。她的干部意识根深蒂固，总觉得自己不是一个家庭妇女。别的大妈也觉得她有架子，很少跟她过话。她爱和本楼的退休了的或尚未退休的女干部说话。说她自己的事。说她的儿女在单位很受器重；说她原来的领导很关心她，逢春节都要来看看她……

在这条街上任何一个店铺里，只要有人一学丁大妈雄赳赳气昂昂走路的神气，大家就知道这学的是谁，于是都哈哈大笑，一笑笑半天。丁大妈的走路，实在是少见。头昂着，胸挺得老高，大踏步前进，两只胳臂前后甩动，走得很快。她头发乌黑，梳得整齐。面色紫褐，发出铜光，脸上的纹路清楚，如同刻出。除了步态，她还有一特别处：她穿的上衣，都是大襟的。料子是讲究的。夏天，派力司；春秋天，平绒；冬天，下雪，穿羽绒服。羽绒服没有大襟的。她为什么爱穿大襟上衣？这是习惯。她原是崇明岛的农民，吃过苦。现在苦尽甘来了。她把儿子拉扯大了。儿子、儿媳妇都在美国，按期给她寄钱。她现在一个人过，吃穿不愁。她很少自己做饭，都是到粮店买馒头，买烙饼，买面条。她有个外甥女，是个时装模特儿，常来看她，很漂亮。这外甥女，楼里很多人都认识。她和外甥女上电梯，有人招呼外甥女："你来了！"——"我每星期都来。"丁大妈说："来看我！"非常得意。丁大妈活得非常得意，因此她雄赳赳气昂昂。

罗大妈是个高个儿，水蛇腰。她走路也很快，但和丁大妈不一样：丁大妈大踏步，罗大妈步子小。丁大妈前后甩胳臂，罗大妈胳臂在小腹前左右摇。她每天"晨练"，走很长一段，扭着腰，摇着胳臂。罗大妈没牙，但是乍看看不出来，她的嘴很小，嘴唇很薄。她这个岁数——她也就是五十出头吧，不应该把牙都掉光了，想是牙有病，拔掉的。没牙，可是话很多，是个连片子嘴。

乔大妈一头银灰色的卷发。天生的卷。气色很好。她活得兴致勃勃。她起得很早，每天到天坛公园"晨练"，打一趟太极拳，练一遍鹤翔功，遛一个大弯。然后顺便到法华寺菜市场买一提兜菜回来。她爱做饭，做北京“吃儿”。蒸素馅包子，炒疙瘩，摇棒子面嘎嘎……她对自己做的饭非常得意。“我蒸的包子，好吃极了”，“我炒的疙瘩，好吃极了”，“我摇的嘎嘎，好吃极了！”她间长不短去给她的孙子做一顿中午饭。他儿子儿媳妇不跟她一起住，单过。儿子儿媳是“双职工”，中午顾不上给孩子做饭。“老让孩子吃方便面，那哪成！”她爱养花，阳台上都是花。她从天坛东门买回来一大把芍药骨朵，深紫色的。“能开一个月！”

大妈们常在传达室外面院子里聚在一起闲聊天。院子里放着七八张小凳子、小椅子，她们就错错落落地分坐着。所聊的无非是一些家长里短。谁家买了一套组合柜，谁家拉回来一堂沙发，哪儿买的、多少钱买的，她们都打听得很清楚。谁家的孩子上“学前班”，老不去，“淘着哪！”谁家两口子吵架，又好啦，挎着胳臂上游乐园啦！乔其纱现在不时兴啦，现在兴“砂洗”……大妈们有一个好处，倒不搬弄是非。楼里有谁家结婚，大妈们早就在院里等着了。看扎着红彩绸的小汽车开进来，看放鞭炮，看新娘子从汽车里走出来，看年轻人往新娘子头发上撒金银色纸屑……

一九九二年六月十日

载一九九二年《美文》创刊号

胡同文化

——摄影艺术集《胡同之没》序

北京城像一块大豆腐，四方四正。城里有大街，有胡同，大街、胡同都是正南正北，正东正西。北京人的方位意识极强。过去拉洋车的，逢转弯处都高叫一声“东去！”“西去！”以防碰着行人。老两口睡觉，老太太嫌老头子挤着她了，说“你往南边去一点。”这是外地少有的。街道如是斜的，就特别标明是斜街，如烟袋斜街、杨梅竹斜街。大街、胡同，把北京切成一个又一个方块。这种方正不但影响了北京人的生活，也影响北京人的思想。

胡同原是蒙古语，据说原意是水井，未知确否。胡同的取名，有各种来源。有的是计数的，如东单三条、东四十条。有的原是皇家储存物件的地方，如皮库胡同、惜薪司胡同（存放柴炭的地方），有的是这条胡同里曾住过一个有名的人物，如无量大人胡同、石老娘（老娘是接生婆）胡同。大雅宝胡同原名大哑巴胡同，大概胡同里曾住过一个哑巴。王皮胡同是因为有一个姓王的皮匠。王广福胡同原名王寡妇胡同。有的是某种行业集中的地方。手帕胡同大概是卖手帕的。羊肉胡同当初想必是卖羊肉的。有的胡同是像其形状的。高义伯胡同原名狗尾巴胡同。小羊宜宾胡同原名羊尾巴胡同。大概是因为这两条胡同的样子有点像羊尾巴，狗尾巴。有些胡同则不知道何所取义，如大绿纱帽胡同。

胡同有的很宽阔，如东总布胡同、铁狮子胡同。这些胡同两边大都是“宅门”，到现在房屋都还挺整齐。有些胡同很小，如耳朵眼胡同。北京到底有多少胡同？北京人说：有名的胡同三千六；没名的胡同数不清。通常提起“胡同”，多指的是小胡同。

胡同是贯通大街的网络。它距离闹市很近，打个酱油，约二斤鸡蛋什么的，很方便，但又似很远。这里没有车水马龙，总是安安静静的。偶尔有剃头挑子的“唤头”（像一个大镊子，用铁棒从当中擦过，便发出“噌”的一声）、磨剪子磨刀的“惊闺”（十几个铁片穿成一片，摇动作声）、算命的盲人（现在早没有了）吹短笛的声音。这些声音不但不显得喧闹，倒显得胡同里更加安静了。

胡同和四合院是一体。胡同两边是若干四合院连接起来的。胡同、四合院，是北京市民的居住方式，也是北京市民的文化形态。我们通常说北京的市民文化，就是指的胡同文化。胡同文化是北京文化的重要组成部分，即使不是最主要的部分。

胡同文化是一种封闭的文化，住在胡同里的居民大都安土重迁，不大愿意搬家。有在一个胡同里一住住几十年的，甚至有住了几辈子的。胡同里的房屋大都很旧了。“地根儿”房子就不太好，旧房檩、断砖墙。下雨天常是外面大下，屋里小下。一到下大雨，总可以听到房塌的声音，那是胡同里的房子，但是他们舍不得“挪窝儿”，——“破家值万贯”。

四合院是一个盒子。北京人理想的住家是“独门独院”。北京人也很讲究“处街坊”。“远亲不如近邻”。“街坊里道”的，谁家有点事，婚丧嫁娶，都“随”一点“份子”，道个喜或道个恼，不这样就不合“礼数”。但是平常日子，过往不多，除了有的街坊是棋友，“杀”一盘；有的是酒友，到“大酒缸”（过去山西人开的酒铺，都没有桌子，在酒缸上放一块规成圆形的厚板以代酒桌）喝两“个”（大酒缸二两一杯，叫作“一个”）；或是鸟友，不约而同，各晃着鸟笼，到天坛城根、玉渊潭去“会鸟”（会鸟是把鸟笼挂在一处，既可让鸟互相学叫，也互相比赛），此外，“各人自扫门前雪，休管他人瓦上霜”。

北京人易于满足，他们对生活的物质要求不高。有窝头，就知足了。大腌萝卜，就不错。小酱萝卜，那还有什么说的。臭豆腐滴几滴香油，可以待姑奶奶。虾米皮熬白菜，嘿！我认识一个在国子监当过差，伺候过陆润庠、王垿等祭酒的老人，他说：“哪儿也比不了北京。北京的熬白菜也比别处好吃，——五味神在北京。”五味神是什么神？我至今考查不出来。但是北京人的大白菜文化却是可以理解的。北京人每个人一辈子吃的大白菜摞起来大概有北海白塔那么高。

北京人爱瞧热闹，但是不爱管闲事。他们总是置身事外，冷眼旁观。北京是民主运动的策源地，“民国”以来，常有学生运动，北京人管学生运动叫作“闹学生”。学生示威游行，叫作“过学生”。与他们无关。

北京胡同文化的精义是“忍”。安分守己，逆来顺受。老舍《茶馆》里的王利发说：“我当了一辈子的顺民”，是大部分北京市民的心态。

我的小说《八月骄阳》里写到“文化大革命”，有这样一段对话。

“还有个章法没有？我可是当了一辈子安善良民，从来奉公守法。这会儿，全乱了。我这眼前就跟‘下黄土’似的，简直是，分不清东西南北了。”

“您多余操这份儿心。粮店还卖不卖棒子面？”

“卖！”

“还是的。有棒子面就行。……”

我们楼里有个小伙子，为一点儿事，打了开电梯的小姑娘一个嘴巴，我们都很生气，怎么可以打一个女孩子呢！我跟两个上了岁数的老北京（他们是“搬迁户”，原来是住在胡同里的）说，大家应该主持正义，让小伙子当众向小姑娘认错，这二位同声说：“叫他认错？门儿也没有！忍着吧！——‘穷忍着，富耐着，睡不着眯着’！”“睡不着眯着”这话实在太精彩了！睡不着，别烦躁，别起急，眯着，北京人，真有你的！

北京的胡同在衰败，没落。除了少数“宅门”还在那里挺着，大部分民居的房屋都已经很残破，有的地基基础甚至已经下沉，只有多半截还露在地面上。有些四合院门外还保存已失原形的拴马桩、上马石，记录着失去的荣华。有打不上水来的井眼、磨圆了棱角的石头棋盘，供人凭吊。西风残照，衰草离披，满目荒凉，毫无生气。

看看这些胡同的照片，不禁使人产生怀旧情绪，甚至有些伤感。但是这是无可奈何的事，在商品经济大潮的席卷之下，胡同和胡同文化总有一天会消失的。也许像西安的虾蟆陵，南京的乌衣巷，还会保留一两个名目，使人怅望低回。

再见吧，胡同。

一九九三年三月十五日

《榆树村杂记》自序

我住的地方名叫蒲黄榆，是把东蒲桥、黄土坑、榆树村三个地名各取其一个字拼合而成的。东蒲桥原来有一座桥，后来在原处建了很大的立交桥，改名为玉蜓桥。据说从飞机上看，像一只大蜻蜓。我没有从飞机上看过，不知道像不像，只觉得是绕来绕去的一座大桥。黄土坑在我搬来的时候就只剩下一个地名，那一带全是店铺，既无黄土也无坑。榆树村六七年前还在，就在我们住的高层楼的对面，是个村子。从南边进去，老远就闻到一股很重的酸味，那是在煮猪食。附近有一个养猪场。有一条南北向的不宽的柏油路。路西住的多半是工厂的工人，每天可以看到一些男女青年骑自行车上下班。有一家喂养了二三十只火鸡，有个孩子每天赶它们出来吃菜叶子。跟这个孩子闲聊，知道养火鸡是很来钱的。往北，有一个出卖花木的小林场。有一座小庙，外形还像一座庙，檐牙翻翘，墙是涂红了的。庙好像是跟马有关系的，当初这地方大概养过马。现在庙里已经住了人家了，不好进去看，柏油路的东边是一片菜地，菜地东边一溜，住的都是菜农。我隔一两天就到菜畦旁边走走。人家逛公园，我逛菜园。逛菜园也挺不错，看看那些绿菜，一天一个样，全都鲜活水灵，挺好看。菜地的气味可不好，因为菜要浇粪。有时我也蹲下来和在菜地旁边抽烟休息的老菜农聊聊，看他们怎样搭塑料大棚，看看先时而出的黄瓜、西红柿、嫩豆角、青辣椒，感受到一种欣欣然的生活气息。

现在菜地和菜农和房子都没有了，榆树村没有了，成了方庄小区，高楼林立，都是新建的。我再没有菜园可逛了。

我的这些文章都是在榆树村对面的高楼里写的，故将此集名为《榆树村杂记》。

是为序。

一九九三年三月二十四日

贴秋膘

人到夏天，没有什么胃口，饭食清淡简单，芝麻酱面（过水，抓一把黄瓜丝，浇点花椒油）；烙两张葱花饼，熬点绿豆稀粥……两三个月下来，体重大都要减少一点。秋风一起，胃口大开，想吃点好的，增加一点营养，补偿补偿夏天的损失，北方人谓之“贴秋膘”。

北京人所谓“贴秋膘”有特殊的含意，即吃烤肉。

烤肉大概源于少数民族的吃法。日本人称烤羊肉为“成吉思汗料理”（青木正《中华腌菜谱》里提到），似乎这是蒙古人的东西。但我看《元朝秘史》，并没有看到烤肉。成吉思汗当然是吃羊肉的，“秘史”里几次提到他到了一个什么地方，吃了一只“双母乳的羊羔”。羊羔而是

“双母乳”（两只母羊喂奶）的，想必十分肥嫩。一顿吃一只羊羔，这食量是够可以的。但似乎只是白煮，即便是烤，也会是整只的烤，不会像北京的烤肉一样。如果是北京的烤肉，他吃起来大概也不耐烦，觉得不过瘾。我去过内蒙古几次，也没有在草原上吃过烤肉。那么，这是不是蒙古料理，颇可存疑。

北京卖烤肉的，都是回民馆子。“烤肉宛”原来有齐白石写的一块小匾，写得明白：“清真烤肉宛”，这块匾是写在宣纸上的，嵌在镜框里，字写得很好，后面还加了两行注脚：“诸书无烤字，应人所请自我作古”。

我曾写信问过语言文字学家朱德熙，是不是古代没有“烤”字，德熙复信说古代字书上确实没有这个字。看来“烤”字是近代人造出来的字了。这是不是回民的吃法？我到过回民集中的兰州，到过新疆的乌鲁木齐、伊犁、吐鲁番，都没有见到如北京烤肉一样的烤肉。烤羊肉串是到处有的，但那是另外一种。北京的烤肉起源于何时，原是哪个民族的，已不可考。反正它已经在北京生根落户，成了北京“三烤”（烤肉，烤鸭，烤白薯）之一，是“北京吃儿”的代表作了。

北京烤肉是在“炙子”上烤的。“炙子”是一根一根铁条钉成的圆板，下面烧着大块的劈柴，松木或果木。羊肉切成薄片（也有烤牛肉的，少），由堂倌在大碗里拌好佐料——酱油，香油，料酒，大量的香菜，加一点水，交给顾客，由顾客用长筷子平摊在炙子上烤。“炙子”的铁条之间有小缝，下面的柴烟火气可以从缝隙中透上来，不但整个“炙子”受火均匀，而且使烤着的肉带柴木清香；上面的汤卤肉屑又可填入缝中，增加了烤炙的焦香。过去吃烤肉都是自己烤。因为炙子颇高，只能站着烤，或一只脚踩在长凳上。大火烤着，外面的衣裳穿不住，大都脱得只穿一件衬衫。足蹬长凳，解衣磅礴，一边大口地吃肉，一边喝白酒，很有点剽悍豪霸之气。满屋子都是烤炙的肉香，这气氛就能使人增加三分胃口。平常食量，吃一斤烤肉，问题不大。吃斤半，二斤，二斤半的，有的是。自己烤，嫩一点，焦一点，可以随意。而且烤本身就是个乐趣。

北京烤肉有名的三家：烤肉季，烤肉宛，烤肉刘。烤肉宛在宣武门里，我住在国会街时，几步就到了，常去。有时懒得去等炙子（因为顾客多，炙子常不得空），就派一个孩子带个饭盒烤一饭盒，买几个烧饼，一家子一顿饭，就解决了。烤肉宛去吃过的名人很多。除了齐白石写的一块匾，还有张大千写的一块。梅兰芳题了一首诗，记得第一句是“宛家烤肉旧驰名”，字和诗当然是许姬传代笔。烤肉季在什刹海，烤肉刘在虎坊桥。

从前北京人有到野地里吃烤肉的风气。玉渊潭就是个吃烤肉的地方。一边看看野景，一边吃着烤肉，别是一番滋味。听玉渊潭附近的老住户说，过去一到秋天，老远就闻到烤肉香味。

北京现在还能吃到烤肉，但都改成由服务员代烤了端上来，那就没劲了。我没有去过。内蒙古也有“贴秋膘”的说法，我在呼和浩特就听到过。不过似乎只是汉族干部或说汉语的蒙古族干部这样说。蒙语有没有这说法，不知道。呼市的干部很愿意秋天“下去”考察工作或调查材料。别人就会说：“哪里是去考察，调查，是去‘贴秋膘’去了。”呼市干部所说“贴秋膘”是说下去吃羊肉去了。但不是去吃烤肉，而是去吃手把羊肉。到了草原，少不了要吃几顿羊肉。有客人来，杀一只羊，这在牧民实在不算什么。关于手把羊肉，我曾写过一篇文章，收入《蒲桥集》，兹不重述。那篇文章漏了一句很重要的话，即羊肉要秋天才好吃，大概要到阴历九月，羊才上膘，才肥。羊上了膘，人才可以去“贴”。

载一九九三年《中国美食家》试刊号

北京的秋花

桂　花

桂花以多为胜。《红楼梦》薛蟠的老婆夏金桂家“单有几十顷地种桂花”，人称“桂花夏家”。“几十顷地种桂花”，真是一个大观！四川新都桂花甚多。杨升庵祠在桂湖，环湖植桂花，自山坡至水湄，层层叠叠，都是桂花。我到新都谒升庵祠，曾作诗：

桂湖老桂发新枝，
湖上升庵旧有祠。
一种风流谁得似，
状元词曲罪臣诗。

杨升庵是才子，以一甲一名中进士，著作有七十种。他因“议大礼”获罪，充军云南，七十余岁，客死于永昌。陈老莲曾画过他的像，“醉则簪花满头”，面色酡红，是喝醉了的样子。从陈老莲的画像看，升庵是个高个儿的胖子。但陈老莲恐怕是凭想象画的，未必即像升庵。新都人为他在桂湖建祠，升庵死若有知，亦当欣慰。

北京桂花不多，且无大树。颐和园有几棵，没有什么人注意。我曾在藻鉴堂小住，楼道里有两棵桂花，是种在盆里的，不到一人高！

我建议北京多种一点桂花。桂花美阴，叶坚厚，入冬不凋。开花极香浓，干制可以做元宵馅、年糕。既有观赏价值，也有经济价值，何乐而不为呢？

菊　花

秋季广交会上摆了很多盆菊花。广交会结束了，菊花还没有完全开残。有一个日本商人问管理人员：“这些花你们打算怎么处理？”答云：“扔了！”——“别扔，我买。”他给了一点钱，把开得还正盛的菊花全部包了，订了一架飞机，把菊花从广州空运到日本，张贴了很大的海报：“中国菊展”。卖门票，参观的人很多。他捞了一大笔钱。这件事叫我有两点感想：一是日本商人真有商业头脑，任何赚钱的机会都不放过，我们的管理人员是老爷，到手的钱也抓不住。二是中国的菊花好，能得到日本人的赞赏。

中国人长于艺菊，不知始于何年，全国有几个城市的菊花都负盛名，如扬州、镇江、合肥，黄河以北，当以北京为最。

菊花品种甚多，在众多的花卉中也许是最多的。

首先，有各种颜色。最初的菊大概只有黄色的。“鞠有黄华”“零落黄花满地金”，“黄华”和菊花是同义词。后来就发展到什么颜色都有了。黄色的、白色的、紫的、红的、粉的，都有。挪威的散文家别伦·别尔生说各种花里只有菊花有绿色的，也不尽然，牡丹、芍药、月季都有绿的，但像绿菊那样绿得像初新的嫩蚕豆那样，确乎是没有。我几年前回乡，在公园里看到一盆绿菊，花大盈尺。

其次，花瓣形状多样，有平瓣的、卷瓣的、管状瓣的。在镇江焦山见过一盆“十丈珠帘”，细长的管瓣下垂到地，说“十丈”当然不会，但三四尺是有的。

北京菊花和南方的差不多，狮子头、蟹爪、小鹅、金背大红……南北皆相似，有的连名字也相同。如一种浅红的瓣，极细而卷曲如一头乱发的，上海人叫它“懒梳妆”，北京人也叫它“懒梳妆”，因为得其神韵。

有些南方菊种北京少见。扬州人重“晓色”，谓其色如初日晓云，北京似没有。“十丈珠帘”，我在北京没见过。“枫叶芦花”，紫平瓣，有白色斑点，也没有见过。

我在北京见过的最好的菊花是在老舍先生家里。老舍先生每年要请北京市文联、文化局的干部到他家聚聚，一次是腊月，老舍先生的生日（我记得是腊月二十三）；一次是重阳节左右，赏菊。老舍先生的哥哥很会莳弄菊花。花很鲜艳；菜有北京特点（如芝麻酱炖黄花鱼、“盒子菜”）；酒“敞开供应”，既醉既饱，至今不忘。

我不赞成搞菊山菊海，让菊花都按部就班，排排坐，或挤成一堆，闹闹嚷嚷。菊花还是得一棵一棵地看，一朵一朵地看。更不赞成把菊花缚扎成龙、成狮子，这简直是糟蹋了菊花。

秋葵、鸡冠、凤仙、秋海棠

秋葵我在北京没有见过，想来是有的。秋葵是很好种的，在篱落、石缝间随便丢几个种子，即可开花。或不烦人种，也能自己开落。花瓣大、花浅黄，淡得近乎没有颜色，瓣有细脉，瓣内侧近花心处有紫色斑。秋葵风致楚楚，自甘寂寞。不知道为什么，秋葵让我想起女道士。秋葵亦名鸡脚葵，以其叶似鸡爪。

我在家乡县委招待所见一大丛鸡冠花，高过人头，花大如扫地笤帚，颜色深得吓人一跳。北京鸡冠花未见有如此之粗野者。

凤仙花可染指甲，故又名指甲花。凤仙花捣烂，少入矾，敷于指尖，即以凤仙叶裹之，隔一夜，指甲即红。凤仙花茎可长得很粗，湖南人或以入臭坛腌渍，以佐粥，味似臭苋菜杆。

秋海棠北京甚多，齐白石喜画之。齐白石所画，花梗颇长，这在我家那里叫作“灵芝海棠”。诸花多为五瓣，唯秋海棠为四瓣。北京有银星海棠，大叶甚坚厚，上洒银星，杆亦高壮，简直近似木本。我对这种孙二娘似的海棠不大感兴趣。我所不忘的秋海棠总是伶仃瘦弱的。我的生母得了肺病，怕“过人”——传染别人，独自卧病，在一座偏房里，我们都叫那间小屋为“小房”。她不让人去看她，我的保姆要抱我去让她看看，她也不同意。因此我对我的母亲毫无印象。她死后，这间“小房”成了堆放她的嫁妆的储藏室，成年锁着。我的继母偶尔打开，取一两件东西，我也跟了进去。“小房”外面有一个小天井，靠墙有一个秋叶形的小花坛，不知道是谁种了两三棵秋海棠，也没有人管它，它在秋天竟也开花。花色苍白，样子很可怜。不论在哪里，我每看到秋海棠，总要想起我的母亲。

黄栌、爬山虎

霜叶红于二月花。西山红叶是黄栌，不是枫树。我觉得不妨种一点枫树，这样颜色更丰富些。日本枫娇红可爱，可以引进。

近年北京种了很多爬山虎，入秋，爬山虎叶转红。

沿街的爬山虎红了，

北京的秋意浓了。

一九九六年中秋

载一九九六年十月二十八日《北京晚报》

草木春秋·花和金鱼

从东珠市口经三里河、河舶厂，过马路一直往东，是一条横街。这是北京的一条老街了。也说不上有什么特点，只是有那么一种老北京的味儿。有些店铺是别的街上没有的。有一个每天卖豆汁儿的摊子，卖焦圈儿、马蹄烧饼，水疙瘩丝切得细得像头发。这一带的居民好像特别爱喝豆汁儿，每天晌午，有一个人推车来卖，车上搁一个可容一担水的木桶，木桶里有多半桶豆汁儿。也不吆喝，到时候就来了，老太太们准备好了坛坛罐罐等着。马路东有一家卖鞭哨、皮条、钢绳等等骡车马车上用的各种配件。北京现在大车少了，来买的多是河北人。看了店堂里挂着的挺老长的白色的皮条、两股坚挺的竹子拧成的鞭哨，叫人有点说不出来的感动。

有一家铺子在一个高台阶上，门外有一块小匾，写着“惜阴斋”。这是卖什么的呢？我特意上了台阶走进去看了看：是专卖老式木壳自鸣钟、怀表的，兼营擦洗钟表油泥、修配发条、油丝。“惜阴”用之于钟表店，挺有意思，不知是哪位一方名士给写的匾。

有一个茶叶店，也有一块匾：“今雨茶庄”（好几个人问过我这是什么意思）。其实这是一家夫妻店，什么“茶庄”！两口子，有五十好几了，经营了这么个“茶庄”。他们每天的生活极其清简。大妈早起擞炉子、生火、坐水、出去买菜。老爷子扫地，擦拭柜台，端正盆花金鱼。老两口都爱养花、养鱼。鱼是龙睛，两条大红的，两条蓝的（他们不爱什么红帽子、绒球……）。鱼缸不大，飘着笮草。花四季更换。夏天，茉莉、珠兰（熟人来买茶叶，掌柜的会摘几朵鲜茉莉花或一小串珠兰和茶叶包在一起）；秋天，九花（老北京人管菊花叫“九花”）；冬天，水仙、天竺果。我买茶叶都到“今雨茶庄”买，近。我住河舶厂，出胡同口就是。我每次买茶叶，总爱跟掌柜的聊聊，看看他的花。花并不名贵，但养得很有精神。他说：“我不瞧戏，不看电影，就是这点爱好。”

我打成了“右派”，就离开了河舶厂。过了十几年，偶尔到三里河去，想看“今雨茶庄”还在不在，没找到。问问老住户，说：“早没有了！”——“茶叶店掌柜的呢？”——“死了！叫红卫兵打死了！”——“干吗打他？”——“说他是小业主；养花养鱼是‘四旧’。老伴没几天也死了，吓死的！——这他妈的‘文化大革命’！这叫什么事儿！”

一九九六年十月二十八日

载一九九七年第一期《收获》

藻鉴堂

我曾在藻鉴堂住过一阵，初春，为了写一个剧本。同时住在那里的有《红岩》的作者罗广斌、杨益言，歌剧《江姐》的作者阎肃，还有我们剧团的几个编剧。藻鉴堂在颐和园的极西，围墙外就不是颐和园了。这是园内的一个偏僻的去处，原本就很少有游人来，自从辟为一个休养所，就更没有人来了。堂在一个半岛上，三面环水，岛西面往南往北都有通路，地方极为幽静。这个堂原来不知是干什么用的。大概盖得了之后，慈禧太后从来也没有来住过。这是一座两层楼的建筑，内部经过改修，有暖气、自来水、卫生设备，已经相当现代化了。外面看，还是一座带有宫廷风格的别墅。在这里写作，堪称福地。

我们白天讨论，写作。到了傍晚，已经"净园"——北京的公园到了快闭园门的时候，摇铃通知游人离去，叫作"净园"——我们常从北面的小路上走出来，沿颐和园绕一大圈，从南边回去。花木无言，鸟凫自乐，得园之趣，非白日摩肩接踵的游人所能受用。

藻鉴堂北有一个很怪的东西。这是一个砖砌大圆筒。半截在地面以上，从外面看像烟筒。半截在地面以下。露在地面上的半截，不到一人高。站在筒口，可以俯瞰。往下看，像一口没有水的干井。井底也是圆的，颇宽广，井底还有两间房屋。这是清廷“圈禁”犯罪的亲王的地方。据颐和园的工作人员告诉我，有一个有名的什么什么亲王曾经圈禁在这里。似乎在这里圈禁过的亲王也就是这一个。我于清史太无知，把亲王的名字忘记了。这可真是名副其实的“圈禁”，——关禁在一个圆圈里面。圈的底至口约有四丈，他是插翅也飞不出去的。这位亲王除了坐井观天之外，只有等死。我很纳闷，当初是怎么把亲王弄进去的呢？——这个圆筒没有门。亲王的饮食，包括他的粪便，又是如何解决的呢？嗐，我这都是多虑。爱新觉罗家族既有此祖宗遗规，必有一套周到妥善的处理。

前二年有一个大学生跳进这个圆筒自杀死了。等发现时，尸体已经干透。

我们在藻鉴堂的生活很好，只是新鲜蔬菜少一点。伙房里老给我们吃炒回锅猪头肉。炒猪头肉不难吃，只是老吃有点受不了。

服务员里有一位很健谈，山东青河县人，他极言西门庆没这个人，这是西门的一口磬。自来说《水浒》《金瓶梅》者无此新解，录以备忘。

豆汁儿

没有喝过豆汁儿，不算到过北京。

小时看京剧《豆汁记》(即《鸿鸾禧》，又名《金玉奴》，一名《棒打薄情郎》)，不知“豆汁”为何物，以为即是豆腐浆。

到了北京，北京的老同学请我吃了烤鸭、烤肉、涮羊肉，问我：“你敢不敢喝豆汁儿？”我是个“有毛的不吃掸子，有腿的不吃板凳，大荤不吃死人，小荤不吃苍蝇”的，喝豆汁儿，有什么不“敢”？他带我去一家小吃店，要了两碗，警告我说：“喝不了，就别喝。有很多人喝了一口就吐了。”我端起碗来，几口就喝完了。我那同学问：“怎么样？”我说：“再来一碗”。

豆汁儿是制造绿豆粉丝的下脚料。很便宜。过去卖生豆汁儿的，用小车推一个有盖的木桶，串背街、胡同。不用“唤头”（招徕顾客的响器），也不吆唤。因为每天走到哪里，大都有准时候。到时候，就有女人提了一个什么容器出来买。有了豆汁儿，这天吃窝头就可以不用熬稀粥了。这是贫民食物。《豆汁记》的金玉奴的父亲金松是“杆儿上的”（叫花头），所以家里有吃剩的豆汁儿，可以给莫稽盛一碗。

卖熟豆汁儿的，在街边支一个摊子。一口铜锅，锅里一锅豆汁，用小火熬着。熬豆汁儿只能用小火，火大了，豆汁儿一翻大泡，就“澥”了。豆汁儿摊上备有辣咸菜丝——水疙瘩切细丝浇辣椒油、烧饼、焦圈——类似油条，但做成圆圈，焦脆。卖力气的，走到摊边坐下，要儿套烧饼焦圈，来两碗豆汁儿，就一点辣咸菜，就是一顿饭。

豆汁儿摊上的咸菜是不算钱的。有保定老乡坐下，掏出两个馒头，问“豆汁儿多少钱一碗”，卖豆汁儿地告诉他，“咸菜呢？”——“咸菜不要钱。”——“那给我来一碟咸菜。”

常喝豆汁儿，会上瘾。北京的穷人喝豆汁儿，有的阔人家也爱喝。梅兰芳家有一个时候，每天下午到外面端一锅豆汁儿，全家大小，一人喝一碗。豆汁儿是什么味儿？这可真没法说。这东西是绿豆发了酵的，有股子酸味。不爱喝的说是像泔水，酸臭。爱喝的说：别的东西不能有这个味儿——酸香！这就跟臭豆腐和“启司”（英文 Cheese，又称奶酪、干酪）一样，有人爱，有人不爱。

豆汁儿沉底，干糊糊的，是麻豆腐。羊尾巴油炒麻豆腐，加几个青豆嘴儿（刚出芽的青豆），极香。这家这天炒麻豆腐，煮饭时得多量一碗米，——每人的胃口都开了。

八月十六日

熬鹰逮獾子

北京人骂晚上老耗着不睡的人："你熬鹰哪！"北京过去有养活鹰的。养鹰为了抓兔子。养鹰，先得去掉它的野性。其法是：让鹰饿几天，不喂它食；然后用带筋的牛肉在油里炸了，外用细麻线缚紧；鹰饿极了，见到牛肉，一口就吞了；油炸过的牛肉哪能消化呀，外面还有一截细麻线哪；把麻线一扽，牛肉又扽出来了，还扽出了鹰肚里的黄油；这样吞几次，扽几次，把鹰肚里的黄油都拉干净了，鹰的野性就去了。鹰得熬。熬，就是不让它睡觉。把鹰架在胳臂上，鹰刚一迷糊，一闭眼，就把胳臂猛然一抬，鹰又醒了。熬鹰得两三个人轮流熬，一个人顶不住。干吗要熬？鹰想睡，不让睡，它就变得非常烦躁，这样它才肯逮兔子。吃得饱饱的，睡得好好的，浑身舒舒服服的，它懒得动弹。架鹰出猎，还得给鹰套上一顶小帽子，把眼遮住。到了郊外，一摘鹰帽，鹰眼前忽然一亮，全身怒气不打一处来，一翅腾空，看见兔子的影儿，眼疾爪利，一爪子就把兔子叼住了。

北京过去还有逮獾子的。逮獾子用狗。一般的狗不行，得找大饭庄养的肥狗。有一种人，专门偷大饭庄的狗，卖给逮獾子的主。狗，先得治治它，把它的尾巴给擀了。把狗捆在一条长板凳上，用擀面杖把尾巴使劲一擀，只听见咯巴咯巴咯巴……狗尾巴的骨节都折了。瞧这狗，屎、尿都下来了。疼啊！干吗要把尾巴擀了？狗尾巴老摇，到了草窝里，尾巴一摇，树枝草叶窸窸地响，獾子就跑了。尾巴擀了，就只能耷拉着了，不摇了。

你说人有多坏，怎么就想出了这些个整治动物的法子！

逮住獾子了，就到处去喝茶。有几个起哄架秧子，傍吃傍喝的帮闲食客“傍”着，提搂着獾子，往茶桌上一放。旁人一瞧：“喝，逮住獾子啦！”露脸！多会等九城的茶馆都坐遍了，脸露足了，獾子也臭了，才再想什么新鲜的玩法。

熬鹰、逮獾子，这都是八旗子弟、阔公子哥儿的“乐儿”。穷人家谁玩得起这个！不过这也是一种文化。

獾油治烧伤有奇效。现在不好淘换了。

三月十三日

北京人的遛鸟

遛鸟的人是北京人里头起得最早的一拨。每天一清早，当公共汽车和电车首班车出动时，北京的许多园林以及郊外的一些地方空旷、林木繁茂的去处，就已经有很多人在遛鸟了。他们手里提着鸟笼，笼外罩着布罩，慢慢地散步，随时轻轻地把鸟笼前后摇晃着，这就是“遛鸟”。他们有的是步行来的，更多的是骑自行车来的。他们带来的鸟有的是两笼——多的可至八笼。如果带七八笼，就非骑车来不可了。车把上、后座、前后左右都是鸟笼，都安排得十分妥当。看到它们平稳地驶过通向密林的小路，是很有趣的，——骑在车上的主人自然是十分潇洒自得，神清气朗。

养鸟本是清朝八旗子弟和太监们的爱好，“提笼架鸟”在过去是对游手好闲，不事生产的人的一种贬词。后来，这种爱好才传到一些辛苦忙碌的人中间，使他们能得到一些休息和安慰。我们常常可以在一个修鞋的、卖老豆腐的、钉马掌的摊前的小树上看到一笼鸟。这是他的伙伴。不过养鸟的还是以上岁数的较多，大都是从五十岁到八十岁的人，大部分是退休的职工，在职的稍少。近年在青年工人中也渐有养鸟的了。

北京人养的鸟的种类很多。大别起来，可以分为大鸟和小鸟两类。大鸟主要是画眉和百灵，小鸟主要是红子、黄鸟。

鸟为什么要“遛”？不遛不叫。鸟必须习惯于笼养，习惯于喧闹扰嚷的环境。等到它习惯于与人相处时，它就会尽情鸣叫。这样的一段驯化，术语叫作“压”。一只生鸟，至少得“压”一年。

让鸟学叫，最直接的办法是听别的鸟叫，因此养鸟的人经常聚会在一起，把他们的鸟揭开罩，挂在相距不远的树上，此起彼歇地赛着叫，这叫作“会鸟儿”。养鸟人不但彼此很熟悉，而且对他们朋友的鸟的叫声也很熟悉。鸟应该向哪只鸟学叫，这得由鸟主人来决定。一只画眉或百灵，能叫出几种“玩意”，除了自己的叫声，能学山喜鹊、大喜鹊、伏天、苇乍子、麻雀打架、公鸡打架、猫叫、狗叫。

曾见一个养画眉的用一台录音机追逐一只布谷鸟，企图把它的叫声录下，好让他的画眉学。他追逐了五个早晨（北京布谷鸟是很少的），到底成功了。

鸟叫的音色是各色各样的。有的宽亮，有的窄高，有的鸟聪明，一学就会；有的笨，一辈子只能老实巴交地叫那么几声。有的鸟害羞，不肯轻易叫；有的鸟好胜，能不歇气地叫一个多小时！

养鸟主要是听叫，但也重相貌。大鸟主要要大，但也要大得均称。画眉讲究“眉子”（眼外的白圈）清楚。百灵要大头，短嘴。养鸟人对于鸟自有一套非常精细的美学标准，而这种标准是他们共同承认的。

因此，鸟的身份悬殊极大。一只生鸟（画眉或百灵）值二三元人民币，甚至还要少，而一只长相俊秀能唱十几种“曲调”的值一百五十元，相当一个熟练工人一个月的工资。

养鸟是很辛苦的。除了遛，预备鸟食也很费事。鸟一般要吃拌了鸡蛋黄的棒子面或小米面，牛肉——把牛肉焙干，碾成细末。经常还要吃“活食”，——蚱蜢、蟋蟀、玉米虫。

养鸟人所重视的，除了鸟本身，便是鸟笼。鸟笼分圆笼、方笼两种。一般的鸟笼值一二十元，有的雕镂精细，近于“鬼工”，贵得令人咋舌。——有人不养鸟，专以搜集名贵鸟笼为乐。鸟笼里大有高低贵贱之分的是鸟食罐。一副雍正青花的鸟食罐，已成稀世的珍宝。

除了笼养听叫的鸟，北京人还有一种养在“架”上的鸟。所谓架，是一截树杈。养这类鸟的乐趣是训练它“打弹”，养鸟人把一个弹丸扔在空中，鸟会飞上去接住。有的一次飞起能接连接住两个。架养的鸟一般体大嘴硬，例如锡嘴和交嘴鹊。所以，北京过去有“提笼架鸟”之说。